D1929810

Tilman Rammstedt

Erledigungen vor der Feier

Tilman Rammstedt

Erledigungen vor der Feier

DuMont

Erste Auflage 2003
© 2003 DuMont Literatur und Kunst Verlag, Köln
Alle Rechte vorbehalten
Ausstattung und Umschlag:
Groothuis, Lohfert, Consorten (Hamburg)
Gesetzt aus der Dante
Gedruckt auf säurefreiem und chlorfrei gebleichtem Papier
Satz: Greiner & Reichel, Köln
Druck und Verarbeitung: Clausen & Bosse, Leck
Printed in Germany
ISBN 3-8321-7834-1

there is too much history,
too much biography between us

Belle and Sebastian

für James und für Sophie

Sommer Niemanden schien es zu interessieren, ob und wie und wann Dinge oder Menschen zusammentrafen. Die Jahreszeiten rutschten einem durch die Finger, und wenn man im Mai jemanden fragte, was er im Sommer vorhabe, hieß es: Wegfahren, wenn es geht, und sei's nur an die Ostsee. Das war die allgemeine Situation. Genauer waren es L. und ich, die nicht zusammentrafen, oder wenn, dann nur örtlich und zeitlich, ohne damit viel anfangen zu können. Genauer war es natürlich auch L., die, von mir im Mai nach ihren Sommerplänen befragt, mit dieser kräfteraubenden Unverbindlichkeit antwortete, sodass es unmöglich war, irgendeine Position zu verlassen.

Man schlief nicht miteinander. Auch wenn es dafür wenig Gründe gab. Zahllose Nächte gemeinsam auf der Hundertzwanzigzentimetermatratze, nur so viel Körpernähe, wie dort nicht zu vermeiden war, hin und wieder Küsse zur Begrüßung, zum Abschied, ohne je eine bedenkliche Sekundenzahl zu erreichen, in der die Lippen aufeinander lagen, ohne je eine Zunge durch die Zähne zu lassen, die Tabuzonen für die Hände auf dem Körper des anderen waren bekannt. Erst Mitte Juli, nach einer weiteren Hundertzwanzigzentimeternacht, einem weiteren Frühstück, bei dem man leicht vergessen konnte, dass wieder nichts geschehen war, das man in irgendwelche Kategorien hätte einordnen müssen, traute ich mich wieder, nach dem August zu fragen, dem August, in dem Berlin beinah so unerträglich wie im Januar wird, dem August, in dem man entweder vor dem Sommer kapituliert oder ihn unterwandert, dem August, der in L.s Kalender mit einem Buntstift als möglicher Ferienmonat markiert war. Das hatte sie schon Anfang des Jahres getan, als sie noch Kanada, Ostafrika oder zumindest Portugal als Ziele dieses Urlaubs angab. Von der Ostsee war damals noch nicht die Rede gewesen.

Auch jetzt nicht, auch Mitte Juli nicht, auch nicht bei diesem Frühstück mit mehr Zigaretten als nötig, mit der Kaffeetasse in der Hand, mit Schlaf in den Augen und mit L.s Körper im Bademantel, L.s Körper, den ich in der Nacht wieder nur an unproblematischen Stellen berührt hatte. Die Ostsee wurde nicht erwähnt. Sie stand plötzlich in einer Reihe mit Kanada, mit Ostafrika und Portugal, wurde zu einem entfernten Ziel, über das man sich im Winter Gedanken macht, auch wenn der Winter Mai heißt. Der Juli zählt nun aber definitiv nicht mehr zum Winter, da konnte auch L. sich nichts vormachen, und die Buntstiftmarkierung wurde plötzlich zur Bedrohung, zu einem Dokument des Scheiterns, einem Scheitern, das L. verachtete und das ihr schlechte Laune bereitete, und mit einer schlecht gelaunten L. wollte ich nicht wegfahren, selbst wenn ich es dürfte, selbst wenn es nur an die Ostsee wäre, für drei Tage, vielleicht eine Woche. Und weil L. in ihrem Bademantel gut gelaunt aussah, weil wir keine Zigaretten mehr hatten, weil die Sonne schien und es zwar nicht heiß, aber immerhin Sommer war, schlug ich vor, das zu tun, was Liebespaare an solchen Tagen machen, was das Letzte wäre, was ich mit L. machen wollte, wenn wir ein Liebespaar wären, weil es dann so gezwungen aussähe, was jetzt aber erlaubt war, weil wir kein Liebespaar waren und vielleicht nur deshalb nicht miteinander schliefen und uns nichts über die Augen und Hände des anderen erzählten, um diese Dinge tun zu können, diese Dinge, die sonst Liebespaare tun. Ich schlug vor, einen Ausflug zu machen.

Nicht an die Ostsee, dafür war es zu spät, dafür hätte L. eine Tasche packen müssen, und plötzlich wäre es eine Reise geworden. Nicht die Ostsee also, sondern Rheinsberg, Chorin, der Spreewald oder zumindest Köpenick. Ungewohnt schnell einigten wir uns auf Köpenick, vielleicht, weil man auch ohne Eisenbahn nach Köpenick kommt, und mit einer Eisenbahn hätten wir dann schließlich auch ebenso gut an die Ostsee fahren können oder nach Portugal.

In Köpenick gibt es eine Tramstation, die *Freiheit* heißt und an der L. aus diesem Grund unbedingt aussteigen wollte, was ich albern fand. Sie meinte, ich sei langweilig, ich meinte, sie sei kitschig, und dann war die Tram schon weitergefahren, mit L., die beleidigt war, und mit mir, der sich schämte. Wären wir ein Liebespaar, hätten wir uns jetzt gestritten. So schwiegen wir nur, was nicht weiter auffiel. Dass man mit guten Freunden auch schweigen kann, weiß ich. Was daran so besonders sein soll, weiß ich nicht. Mir fallen nur wenige Dinge ein, die einfacher erscheinen als Schweigen. Und auch wenn die Frage, ob L. und ich nun gute Freunde seien oder nicht, mich stets in Bedrängnis gebracht hat, so schwiegen wir manchmal gemeinsam, was ja schließlich einfach war, und manchmal redeten wir gemeinsam, was beinah genauso einfach war, und manchmal war es einer von uns, der redete, während der andere schwieg, und das war in den meisten Fällen vielleicht die beste Lösung. Schön hier, sagte L. zum Beispiel in diesem Fall, und ich sagte nichts.

Wir setzten uns ans Wasser, obwohl es das gleiche Wasser war, das wir beinah jeden Tag sahen, auch ohne einen Ausflug zu machen. Am Wasser sitzen jedoch, zumindest für einige Zeit, alle gern. Am Wasser zu sitzen ist Konsens. L. summte vor sich hin, die Sonne schien vor sich hin, das Wasser plätscherte vor sich hin, und ich sah ihnen dabei zu. Alle hatten ihre Beschäftigungen, und wir begannen, uns zu langweilen. Langeweile heißt bei Ausflügen zwar nicht Langeweile, sondern Entspannung, aber das half wenig. Es gab keine Schiffe, denen man hätte nachschauen können, und auch keine Wellen, wie es sie gegeben hätte, wären wir an die Ostsee gefahren, um uns ans Wasser zu setzen, Wellen, die einem das Gefühl vermitteln, irgendetwas würde geschehen. Ich merkte, wie L. unruhig wurde, doch weil man bei einem Ausflug nicht sofort nach der Ankunft wieder umkehren kann, um ins Kino oder irgendwo anders hinzugehen, blieben wir sitzen und aßen Schokolade.

Ich versuchte mir vorzustellen, wie es wäre, L. jetzt zu küssen. Es gelang nicht. Man kann nicht plötzlich mit solchen Vorstellungen anfangen, nur weil einem langweilig ist. Der Kuss selbst erschien dabei gar nicht so problematisch, auch Küssen gehört schließlich zu den einfacheren Tätigkeiten im Leben, vielleicht sogar zu denen, die einfacher sind, als gemeinsam zu schweigen. Schwieriger war es, sich vorzustellen, was wir anschließend gemacht hätten, außer weiter aufs Wasser zu schauen. Irgendwann hätten wir wohl gelacht, wie man halt lacht, und dann hätten wir uns noch einmal geküsst, weil uns nichts anderes eingefallen wäre, weil man beim Küssen nicht sprechen muss, weil küssen auf jeden Fall einfacher ist als sich geküsst haben, und am Abend hätten uns die Lippen wehgetan, und die Verabschiedung wäre umständlich geworden.

Wir saßen dicht beieinander, die Entfernung zwischen unseren Mündern betrug vielleicht zwanzig Zentimeter. Ich konnte ihre Creme mit irgendwelchen hauteigenen Coenzymen riechen, und als sie sich zu mir umdrehte und mich ansah, erschreckte mich dieser Blick. Für Sekunden zwar nur, zwei, höchstens drei, dann drehte sie sich wieder weg, und wir rauchten eine Zigarette, an beinah einem gemeinsamen Ort, zu beinah einer gemeinsamen Zeit. Das heißt nicht viel.

Winter Jetzt ist Winter, sagt L., und ich glaube ihr. L. kennt sich aus mit den Jahreszeiten. Frühling, Sommer,

Herbst, Winter, das sind nicht nur Worte für sie, das sind Kategorien, in denen man die Welt wahrnimmt, wenn man nur aufmerksam genug ist. Den Winter erkennt man daran, dass alle bei Heißgetränken zusammensitzen, um über Nebenkosten zu reden, und darüber, wo man Sylvester verbringt. Im Winter steigt man in die U-Bahn, und wenn man wieder ins Freie tritt, ist es dunkel. Das hat mir L. erklärt. Sie hat mir auch erklärt, dass der Winter die beste aller Jahreszeiten ist, die klarste, die ehrlichste, dass es die Jahreszeit ist, der man noch am ehesten trauen kann, weil man nicht geblendet wird von der Sonne, nicht von den bunten Blättern und auch nicht von den Hormonen. Ich höre L. bei alldem zu, auch wenn ich weiß, dass sie mir im Frühling, wie sie es immer tut, erklären wird, dass der Frühling die beste Jahreszeit ist, im Sommer ist es dann der Sommer und im Herbst der Herbst. Manche würden sagen, L. sei unentschlossen. Sie selbst sagt, sie gehe eben mit der Zeit.

Ich mache mir sonst wenig Gedanken um die Jahreszeiten. Im Herbst ziehe ich einen Mantel an, im Frühling ziehe ich ihn wieder aus. So einfach ist das. Dennoch mag ich den Winter gerne, weil L. dann zur Winter-L. wird, und die Winter-L. bereitet viel Freude. Die Winter-L. ist stets eingepackt in Pullover und Mäntel, in Schals, Handschuhe, Muffs und Ohrenwärmer. Die Winter-L. nimmt viel Platz ein. Die Winter-L. kann sich kaum bewegen in ihrem Kälteschutz. Die Winter-L. braucht immer mehrere Minuten, um sich aus ihrer Rüstung zu schälen, Minuten, in denen ich beobachten kann, wie aus der Winter-L. allmählich wieder die L. wird, die ich aus dem Herbst, dem Frühling und Sommer kenne.

Mit der Winter-L. treffe ich mich häufig zu Heißgetränken, und wir reden nicht über Nebenkosten und nur manchmal über Sylvester, wir wissen ja auch so, dass es Winter ist. Mit der Winter-L. rede ich über andere Dinge, doch ich gebe zu, nicht immer ganz aufmerksam zu sein, weil die Winter-L. sich nie entscheiden kann, ob es ihr zu warm oder zu kalt ist, und deshalb zieht sie verschiedene Teile ihrer Verpackung im Laufe des Gesprächs immer wieder an und immer wieder aus, und dann lässt sie, mit Absicht, wie ich vermute, einen Handschuh fallen, und dann verheddert sie sich in einem Pulloverärmel, und der Schal hängt im Kaffee, und ich freue mich sehr, und die Winter-L. fragt: Hörst du mir überhaupt zu, und ich sage: Ja, aber das ist gelogen.

Wenn L. sagt, dass jetzt Winter ist, dann hat das seine Gründe. Der Winter bedeutet L. mehr als Nebenkosten und Sylvester, mehr als die Kälte und der Schnee und der Regen und der Schneeregen und die Dunkelheit, die immer zu früh kommt. Im Winter wird L. besinnlich, vorsätzlich, wie sie behauptet. Im Winter schaut sie mich lange an und erzählt mir von ihrer Schulzeit, von ihren Jugendlieben, ihren Brieffreundinnen und anderen Dingen aus der Zeit, bevor wir uns kannten, der Zeit, die mich, wenn ich ehrlich bin, nicht sehr interessiert. Nur im Winter wird mir bewusst, dass L. überhaupt über eine

Vergangenheit verfügt, und nur im Winter fragt mich L. manchmal nach meiner. Ich glaube, sie tut das nur aus Höflichkeit, und ich antworte knapp und ausweichend. L. wechselt das Thema. Wollen wir noch etwas trinken, fragt sie. Und ich schlage vor, woanders hinzugehen, weil ich will, dass sie sich wieder einpackt in ihre Pullover und Schals und anderen Winterdinge, und dann packt sie sich ein, und ich denke daran, dass es in zwei Monaten schon wieder wärmer wird, dass dann eine Schicht nach der anderen von L.s Verpackung verschwindet, und wenn sie dann, irgendwann im April vermutlich, sagen wird: Jetzt ist Frühling, trägt sie höchstens noch eine Jacke. Was schaust du so traurig, fragt sie. Ich denke an die Zukunft, sage ich. L. nickt verständnisvoll. Sie kennt sich aus mit Jahreszeiten. Sie weiß, wie man im Winter denkt.

Frühling Jetzt hat sich L. auch noch den Frühling ausgedacht. Ich wende ein: Frühling kann man sich nicht ausdenken. Frühling gibt es schon. Und nur weil er so unzuverlässig ist, heißt das nicht, dass man ihn gleich neu erfinden darf. L. wendet ein, dass ich ein Besserwisser sei und sie sich schließlich ausdenken dürfe, was sie wolle. L. denkt sich vieles aus, die Wohnungen und Häuser, in denen sie mal leben möchte, Ehemänner und Lebensabschnittsgefährten, Berufe, ihre ganze Zukunft, und manchmal auch ihre Vergangenheit. Sie denkt sich Namen aus, für sich, für mich, für ihre Kinder und für Tiere, die es nicht gibt, die es aber geben sollte, findet L. Sie erfindet neue Gesetze, sogar neue Naturgesetze, manchmal auch ganze Planeten. Planeten, auf denen man aus Komplimenten etwas kochen kann, zum Beispiel.

Ich finde das amüsant und manchmal ein wenig anstrengend, weil meine Rolle dabei klar ist, ich muss mich für die Realität einsetzen. Ich bin der Anwalt der Wirklichkeit. Ist doch alles ganz okay, so wie es ist, sage ich, und L. sagt: Ganz okay, ganz okay. Du musst ja nicht mitkommen, wenn ich auf den anderen Planeten ziehe.

Heute hat sie sich also den Frühling ausgedacht. Seit Tagen schon beklagte sie sich über den real existierenden Frühling oder besser den real nicht existierenden, da bisher nur vom Kalender vorgeschriebenen Frühling und übertrug diese Enttäuschung auf mich: Na, ist immer noch alles so wahnsinnig okay für dich, findest du deine Realität immer noch so toll? Bisschen nass ist sie, deine Realität, ein bisschen kalt, oder? Und ich habe sie unterbrochen: L., du redest Unsinn, und sie hat gesagt, das sei ja kein Wunder, wenn man sich nicht einmal auf den Frühling verlassen könne.

Der eigentliche Grund für ihre Wut hatte, glaube ich, etwas mit einem Kleid zu tun, einem Kleid, das sie sich vor ein paar Tagen gekauft hatte und von dem sie mir seitdem erzählt. Wie es aussieht, und wie sie darin aussieht, und wie gut sie sich vorstellen könne, damit zu spät zu einer Verabredung zu erscheinen, angerauscht zu kommen, und der, der an der Ecke oder so auf sie wartet, will gerade mit seinen Vorwürfen beginnen, muss sich aber selbst unterbrechen, und statt böse zu sein, ist er entzückt. Mensch, schönes Kleid, steht dir gut, echt, soll er dann sagen. Ein guter Plan, findet L.

L. redet viel von dem Kleid, doch eigentlich geht es ihr um die Situation. Das Kleid dient nur als Vorwand, denn L.s Eitelkeit ist eine szenische Eitelkeit. Noch wichtiger als gut auszusehen ist ihr, gut dazustehen. Ich bot ihr an, den Part des Wartenden zu übernehmen, und L. willigte ein. Aber nur, betonte sie, wenn ich es dann auch ernst meinte mit dem Entzücktsein.

Doch bisher hat sich der Frühling einfach nicht an Kalenderabmachungen gehalten, bisher hat er Kleidertragen noch nicht zugelassen, hat L.s Szene nicht zugelassen, und L. ist immer ungeduldiger geworden, und heute rief sie an und sagte: Es reicht. Genug. Jetzt denk ich mir meinen eigenen Frühling aus. Viel Spaß, dachte ich, sagte das aber nicht, sondern: Schön, und wie sieht er aus, dein Frühling? L. zögerte. L. zögert selten. L. sagt lieber Unsinn als zu zögern. Wenn L. zögert, dann verheißt das nichts Gutes. Ich weiß nicht genau, sagte sie schließlich. Erst habe sie gedacht, man müsse den Frühling bestellen können, wie beim Teleshopping, wie eine Pizza oder eine Blaskapelle. Dann hielt sie es doch für besser, wenn Frühling keine Zeit, sondern ein Raum sei, kein kleiner Raum, kein Zimmer, sondern ein ganzes Land oder so etwas, in das man dann fahren könne, bei Bedarf. Blöd an der Idee sei nur, dass es dann wie Urlaub wäre, und Frühling im Urlaub, sagte L., sei ja einfach. Frühling müsse im Alltag sein, und der ganze Alltag könne ja nicht immer mitkommen, wenn man nach Frühling fahren möchte, alle hätten ja Termine und Verpflichtungen. Herrje, sie wisse nicht, wie sie ihn sich ausdenken solle, aber ausgedacht habe sie ihn sich schon, nur halt noch nicht so konkret, und jetzt solle ich doch mal etwas sagen.

Geht es um das Kleid, fragte ich. Nein, sagte L. Vielleicht ein bisschen, sagte L. Und wenn schon, sagte L. Ich schlug vor, dass sie es jetzt gleich anziehe, egal wie kalt es sei. Ich würde mich sofort aufmachen und an der Ecke auf sie warten, bis sie viel zu spät erscheint, angerauscht kommt, und dann bin ich entzückt und sage meinen Satz auf. L. war einverstanden. Du musst es dann aber auch ernst meinen, sagte sie noch einmal, sonst bringt das alles nichts.

Das war vor zwanzig Minuten. Ich lasse mir noch etwas Zeit, sie soll ruhig noch ein wenig frieren in der Realität. Dann werde ich losgehen, und natürlich wird sie erzürnt sein über meine Verspätung, und natürlich wird sie gut aussehen in dem Kleid, und natürlich wird sie mir nicht glauben, wenn ich den Satz aufsage, und natürlich wird sie darüber klagen, wie kalt es sei, aber dann können wir irgendwo anders hingehen, etwas Warmes trinken und in Ruhe den Regen betrachten. Den Frühling haben wir dann hinter uns.

Herbst Immer diese Blätter, sagte L. am Tag nach der Nacht, in der wir aufhörten, nicht miteinander zu schlafen. Der Tag war ein Oktobertag, mit Oktobersonne in einem Oktoberpark. Lass uns den Herbst anschauen, hatte L. gesagt am Morgen, diesem Oktobermorgen, als wir dann doch beim Frühstück saßen und gar nichts so anders schien, wie wir es wohl beide befürchtet hatten, als wir ein paar Stunden zuvor versuchten einzuschlafen und unsere Haut sich dabei plötzlich an Stellen berührte, die in anderen Nächten noch mit Stoff bedeckt waren.

Wir saßen in L.s Küche und hielten uns an Tätigkeiten, in denen wir uns auskannten, in denen wir gut waren. Gut waren wir im Kaffeetrinken, gut waren wir im Musikaussuchen fürs Frühstück, gut waren wir im gemeinsamen Zähneputzen. Das hatten wir trainiert. Da waren wir ein eingespieltes Team. Nicht gut waren wir im Miteinanderschlafen. Nicht gut waren wir im Hände-über-den-Körper-des-anderen-wandern-Lassen, überhaupt nicht gut waren wir im beiläufigen Verhütungsmittel-Ansprechen, richtig schlecht waren wir sogar im Einander-hinterher-Haarsträhnen-aus-dem-Gesicht-streichen. Das funktioniert so nicht, hatte L. gesagt, und ich hatte ihr Recht gegeben, und dann hatten wir uns umgedreht, voneinander weg, und uns eine gute Nacht gewünscht, und als L. nach einer Zeit, vielleicht einer halben Stunde, vielleicht einer ganzen, fragte, ob ich auch nicht schlafen könne, sagte ich: Doch, und wie, und dann zog sie mir die Bettdecke weg, und wir standen auf und schauten nur kurz an dem anderen herunter. L. kochte Kaffee, ich suchte Musik fürs Frühstück aus. Es war halb fünf.

Um halb sieben hatte L. schon zweimal neuen Kaffee gekocht, und ich hatte schon zweimal neue Musik ausgesucht, und als klar wurde, dass der Oktobertag ein sonniger Oktobertag werden würde, waren wir beide froh, die Wohnung verlassen zu können, die Wohnung, in der sich das Sofa befand, auf dem wir, wie schon so oft, nebeneinander gesessen hatten, am Abend vor der Nacht, dem Sofa, vor dem noch die Weingläser standen, aus denen wir getrunken hatten, als L. mir wieder einmal von einer gescheiterten Affäre erzählte, sich über den Mitgescheiterten lustig machte und mir zeigte, wie unbeholfen er immer ihre Nähe gesucht habe, mit den Füßen anfangend, die sich, wie zufällig, berührten, den Händen, die immer neue Ausreden suchten, in ihr Haar, das jetzt beim Vormachen mein Haar war, zu gelangen, und von da abrutschend an ihre Wange, meine Wange, dann der tiefe Blick, der, bei aller Übertreibung, doch nicht nur die Parodie eines Blickes war, und ich plötzlich merkte, dass es nicht mehr allein ums Vormachen ging, immer weniger ums Vormachen ging, dass das Vormachen viel zu lange dauerte, dass sie ihre Rolle gut spielte, dass ich nicht Zuschauer war, und als sich ihre Hand, die längst nicht mehr die Hand des Mitgescheiterten war, zurück in meine Haare bewegte und dort einfach blieb, ließ sich nicht mehr leugnen, dass wir uns in einer deutlichen Situation befanden. In anderen Situationen hatten wir immer noch einen Hinterausgang gefunden, um in die Gewohnheit, die Undeutlichkeit zurückzukehren, jetzt aber entfernten wir uns weiter und weiter von diesem Hinterausgang, so weit, dass eine Rückkehr in die Gewohnheit, in die Undeutlichkeit viel zu auffällig gewesen wäre, um wirklich zu gelingen, und der nächste Schritt eigentlich klar war, an mir war, meine Hand in ihr Haar, an ihre Wange, ihren Hals zu führen. Genau das sah meine Rolle an dieser Stelle vor, um noch halbwegs im Spiel zu bleiben, und genau das war mir unmöglich, da mein linker Arm zwischen Sofa und L.s zu mir gedrehtem Oberkörper eingeklemmt war, und ich in der rechten Hand immer noch, lächerlicherweise, das Weinglas hielt, mich daran festklammerte, eine Behinderung, die ich nicht beheben konnte, ohne die Position zu ändern, und ein Ändern der Position hätte zu diesem Zeitpunkt leicht missverstanden werden können.

Meine Hände blieben also an ihrem aussichtslosen Platz, ich musste die Reihenfolge ändern, und statt der Hände bewegte ich den Kopf, und L. bewegte ihren, und dann stießen unsere Nasen aneinander, und dann war mein Mund an ihrem Kinn, und dann an ihrem Mund, der sich öffnete, und die Lippen, trocken von Wein und Zigaretten und Reden über gescheiterte Affären, tasteten sich ab, bis L. dann mit der Zunge die Trockenheit auf ihren Lippen beseitigte, und auf meinen gleich mit, wo sie auf meine Zunge traf, sodass sich für einige Sekunden nichts außer ihnen berührte, was seltsam ausgesehen haben muss.

Das dachte ich jedenfalls in diesen Sekunden, und L. anscheinend auch, denn ihre Hand kam zurück in mein Haar, entschlossener, sie zog meinen Kopf näher zu sich heran, etwas zu entschlossen für meine ohnehin nicht sehr stabile Haltung, und auch für das Weinglas, das ich noch immer wie einen Trostpreis festhielt. Na, nicht so stürmisch, sagte sie. Entschuldigung, sagte ich. Nicht schlimm, sagte sie, nahm mir das Glas aus der weinnassen Hand, stellte es auf den Boden und zog mich vom Sofa. Guter Zeitpunkt, sagte sie. Wozu, wollte ich fragen, konnte es mir aber denken. Ich ging in die Küche, um mir die Hände zu waschen. L. ging ins Schlafzimmer. Mir Rotwein auf die Hose zu schütten, was für ein billiger Trick. Von dir hatte ich wirklich mehr erwartet, hörte ich sie rufen. Als sie nach dem, was mir wie eine angemessene Zeit vorkam, nicht zum Sofa zurückkehrte, folgte ich ihr ins Schlafzimmer, und die Dinge, in denen wir nicht gut waren, begannen.

Wir ahnten beide, was zu tun war, wir kannten beide die Bewegungen und die Reihenfolge, die richtigen Laute und Blicke, das Tempo, die Körperstellen, die wichtig waren, und die, die nur auf dem Weg zu den wichtigen lagen. Neu war nur, dass L. und ich die Beteiligten waren, und es kam mir einfallslos vor, das zu tun, was wir auch sonst in diesen Situationen taten. Bei aller Einmaligkeit hat man dann doch nur miteinander geschlafen. Die Körper lösen sich voneinander, und der andere Körper gehörte L., die sich so dicht an mich legte, dass wir uns nicht anschauen mussten.

Im Oktoberpark schauten wir uns auch nicht an, nicht häufig jedenfalls. Wir hielten uns nicht an den Händen, und als L., schwindelig von der Müdigkeit wohl, stolperte und sich kurz an mir festhalten musste, sagte sie: Entschuldige. Wir redeten nicht, L. sagte: Immer diese Blätter. Erst geben sie so an mit ihrem Buntsein, und dann fallen sie einfach runter. Wenn sie mit dem Herbst nicht klarkommen, können sie doch wenigstens in den Süden fliegen. Und als wir dann gar nicht mehr redeten und immer noch nicht die Uhrzeit erreicht war, zu der wir normalerweise aufstanden, sagte L., dass sie sich wieder hinlegen wolle, sie sei müde, sie habe jetzt genug Herbst gesehen, und überhaupt müsse man sich auch nicht so aufführen. Wir sind doch schließlich erwachsen, sagte sie. Was hat das denn mit Erwachsensein zu tun, fragte ich, und L. meinte, wenn man erwachsen sei, brauche man halt seinen Schlaf.

Das Sofa stand immer noch in der Wohnung. Wie zu erwarten. Das Bett war nicht mehr warm, aber zerwühlt, und wir legten uns hinein, Rücken an Rücken. Ich konnte spüren, wie L. beim Einschlafen zuckte, irgendwann am Nachmittag wachte ich auf. Ich hörte, wie sie in der Küche Kaffee kochte. Ich ging zu ihr. Machst du Musik an, bat sie mich. Natürlich, sagte ich.

Flecken Die Niederlagen, die Olaf mir bei unseren gemeinsamen Brettspielen zufügte, verletzten mich selten. Manchmal, um ihm eine Freude zu machen, tat ich so, als ob es mir etwas ausmachen würde, als ob es für mich von Wichtigkeit sei, als ob ich mehr verloren hätte als nur ein Brettspiel.

Wir spielten regelmäßig am Dienstagnachmittag und am Sonntagabend, je drei oder vier Partien, und ich verlor jede Einzelne von ihnen. Vielleicht hätte meine Bilanz besser ausgesehen, wenn wir uns für Kartenspiele entschieden hätten, oder für Schiffeversenken, für Scharade, für Langstreckenlauf, Tennis, Boxen oder Judo, vielleicht hätte ich Chancen gegen ihn gehabt bei Geschicklichkeitsspielen, bei Ratespielen, beim Wettessen, bei Stopp-Hexe, bei Kommando Pimperle. Vielleicht hätte ich ihn zuweilen bei Stadt-Land-Fluss geschlagen. Doch all das sind Spekulationen. Die Tatsachen sehen anders aus, die Tatsachen waren Brettspiele. Brettspiele, bei denen Olaf immer gewann und ich immer verlor. Bei Brettspielen gibt es nichts dazwischen.

Fast drei Jahre lang spielten wir, und fast drei Jahre lang verlor ich. Das hätte ihn misstrauisch machen können, wenn es seine Art gewesen wäre, schnell misstrauisch zu sein. Doch es war nicht seine Art, und so spielten wir weiterhin und ich verlor weiterhin, und Olaf wunderte das nicht.

Einmal, an einem der Dienstage, wäre es beinah geschehen. Eine Vier hätte mir genügt, die Chancen lagen bei fünfzig Prozent, näher war ich nie an einem Sieg gewesen, und ich merkte, wie Olaf auf einmal unruhig wurde, sogar ein wenig Johannisbeersaft, wir tranken immer Johannisbeersaft bei unseren Spielen, verschüttete, was schwer zu beseitigende Flecken auf seinem Hemd hinterließ.

Er trug das Hemd auch danach noch manchmal, und die Flecken waren, wenn auch nur schwach, noch immer zu erkennen, und jedes Mal wenn er das Hemd trug, erinnerte ich mich an den Dienstagnachmittag, an dem ich nur eine Vier hätte würfeln müssen, um zu gewinnen, erinnerte mich daran, wie er versucht hatte, nicht zu gebannt auf meine Hand zu schauen, erinnerte mich, wie ich eine Eins würfelte, wie er anschließend eine Fünf würfelte, wie ich dann eine Zwei und er noch eine Fünf würfelte und damit gewonnen hatte, und wir beide beruhigt waren, auch wenn ich so tat, als ob ich mich ärgerte.

Dass ich fast drei Jahre lang zweimal in der Woche alle Partien gegen Olaf verlor, wurde zwischen uns nie erwähnt. Hätten wir es nicht besser gewusst, wir hätten wohl gedacht, dass seine Siege und meine Niederlagen ebenso zu den Regeln gehörten wie die Anzahl der Spielsteine, das abwechselnde Ziehen, die Start- und Zielfelder und die Tatsache, dass man mit einem Würfel keine Sieben werfen kann. Es schien beinah so, als ob ein mir unterlaufender Sieg einer Sieben auf dem Würfel entspräche, einem logisch unmöglichen Ereignis, einem Skandal. Wir wären wohl beide unschlüssig gewesen, was man mit einem solchen Resultat anzufangen hätte. Vielleicht hätte Olaf mir Betrug vorgeworfen, eine grobe Regelverletzung. Er hätte noch einmal in der beigefügten Spielanleitung nachgesehen und nach der Passage gesucht, in der stand, dass es mir unmöglich sei, bei Brettspielen gegen ihn zu gewinnen. Vielleicht hätte er dann, nachdem er diese Passage nicht gefunden hatte, dem Brettspiel selbst die Schuld gegeben, behauptet, es sei ein schlechtes Spiel, ein Spiel, das nicht funktioniere, die Würfel gegen die Wand geworfen, das Spielbrett zerrissen, die Figuren zertrümmert, wäre aufgesprungen, aus der Wohnung gestürmt, und ich hätte, während Olaf noch die Treppe hinabgerannt wäre, gewusst, dass ich mich jetzt an Dienstagnachmittagen und Sonntagabenden nach anderen Beschäftigungen würde umsehen müssen.

Vielleicht hätten wir einen solchen Sieg aber auch einfach ignoriert, wir hätten eine weitere Partie begonnen oder, wenn es schon spät gewesen wäre, uns verabschiedet bis zum nächsten Dienstag oder Sonntag, hätten diesen Sieg kaum wahrgenommen, ihn sofort vergessen, wie man vieles vergisst, und vielleicht hatte ich schon einmal gewonnen in diesen drei Jahren, drei Jahre sind schließlich eine lange Zeit, vielleicht schon mehrere Male, vielleicht sogar häufig, vielleicht gewann ich immer, jedes einzelne Mal, und vielleicht sind auf einem meiner Hemden, wenn auch nur schwach, noch Flecken zu erkennen, Flecken, die vielleicht von Johannisbeersaft stammen, den ich vielleicht nur verschüttete, weil es plötzlich unerwartet spät noch an der Tür klingelte.

Lösungen In meiner Familie wurde streng getrennt. Arbeitstage von Wochenenden, Kompostierbares von Restmüll, ansehnliches Fernsehprogramm von unansehnlichem. Es gab angenehme Verwandte und die, die uns peinlich waren, die Zeitung wurde beim Frühstück nach Ressorts sortiert und zwischen uns aufgeteilt, und im Badezimmer stand für jedes Familienmitglied ein eigener Zahnputzbecher. Auch wir Kinder wurden unterteilt, in die Vaterverherrlicher und die potenziellen Vatermörder. Ich gehörte zur zweiten Gruppe. Wir hatten beim Essen unseren eigenen Tisch, an dem wir unser Vorgehen besprechen konnten. Da blieben wir ungestört. Wir wurden toleriert. Das ist ein ganz normaler Wunsch in eurem Alter, sagte der Vater, damit muss man sich auseinander setzen.

Im Grunde waren wir eine harmonische Familie, nur dem Vater zu nahe kommen durfte meine Gruppe nicht. Eine unsichtbare Grenze verlief durch das Haus. Im Nordteil wohnte der Vater mit seinen Anhängern, im Südteil wir. Jede Nacht patrouillierten zwei Vaterverherrlicher an dieser Grenze, angemessen bewaffnet. Es war aussichtslos, an ihnen vorbeischleichen zu wollen, das merkten wir bald. Auch war das Haus solide gebaut, was das Graben eines Tunnels unmöglich machte. Tagsüber hätte sich vielleicht einmal eine Chance geboten, aber da saßen wir potentiellen Vatermörder stets zusammen und debattierten. Ein Vatermord ist eine entscheidende Sache im Leben eines jungen Mannes, da muss man sich einig sein über die Details. Die Mutter interessierte all das wenig. Sie saß über ihren Silbenrätseln und sah nur auf, wenn wir zu unserer wöchentlichen Demonstration durchs Wohnzimmer marschierten. Dann lächelte sie und sagte: Ihr Lausbuben, oder so etwas.

Das ist lange her. Wenn die Familie jetzt wieder zusammenkommt, an den Feiertagen zum Beispiel, schmunzeln wir darüber. Wie lächerlich das war, rufen wir aus und umarmen uns. Immer am Ostersonntag besuchen wir gemeinsam das Grab des Vaters. Eine schöne Tradition. Bis heute gilt als unklar, wer ihn eigentlich umgebracht hat. Natürlich könnte es einer von unserer Seite gewesen sein, einem, dem das Debattieren zu unsinnig schien und der es auf eigene Faust vollbracht hat. Vielleicht war es auch ein Verräter aus den Reihen der Vaterverherrlicher. Gerüchte darüber kursieren. Doch wenn ich die Mutter am Grab lächeln sehe wie damals im Wohnzimmer, glaube ich, die Wahrheit zu kennen. Die Mutter war immer schnell gelangweilt, wenn etwas nicht voranging. Kaum eines ihrer Silbenrätsel hat sie je vollständig gelöst. Sie begann lieber ein neues.

Haken Jetzt fischen sie wieder in meiner Küche. Seit dem frühen Morgen schon. Zum Fischen muss man früh aufstehen, sagen sie. Das macht ihnen nichts aus. Daran gewöhnt man sich. Insgesamt sind es drei, der Alte, der Blonde mit der albernen Mütze und dann noch der Junge, der immer unruhig mit den Füßen wippt. Schön kann man sie nicht nennen, und sie fischen in meiner Küche.

Ich glaube nicht, dass sie viel fangen. Die Zeiten sind schlecht, meinen sie, aber das ist wohl eine Ausrede. Sie wollen nicht zugeben, dass sie einen Fehler gemacht haben. Sie wollen die Wahrheit nicht akzeptieren, und die Wahrheit ist, dass es in meiner Küche keine Fische gibt. Ich kenne meine Küche gut, es gibt dort allerhand, einen Tisch, vier Stühle, einen Herd, eine Spüle, einen Kühlschrank und eine Kiste, in der ich Vorräte aufbewahre. Nudeln, Zucker, so etwas. Keine Fische.

Es stört mich nicht, dass jetzt auch drei Männer dort sitzen, um das zu tun, was sie gelernt haben. Fischer reden von Natur aus wenig, das kommt von der Seeluft. Ab und zu verheddere ich mich mit den Füßen in ihren Netzen, dann lachen wir gemeinsam. Auch dass der Alte immer seine Pfeife raucht und der Rauch in die anderen Zimmer dringt, nehme ich ihm nicht übel. Ich gönne ihm seine Pfeife. Nein, der Alte scheint zufrieden, und auch der Blonde mit der albernen Mütze ist meist guter Dinge. Moinmoin, ruft er mir zu, wenn ich morgens komme, um mir einen Kaffee zu kochen. Nur um den Jungen mache ich mir Sorgen. Ich glaube nicht, dass er in seinem Leben schon einmal einen Fisch gesehen hat. Das ist unangenehm für einen Fischer. Das kann einem die Lust am Fischen verderben. Zum Glück ist er noch jung. Zum Glück kann er noch beschließen, etwas ganz anderes zu werden, Postbote vielleicht, oder Lehrer. Das wäre wohl das Beste für ihn. Wahrscheinlich ist das aber nicht. Wahrscheinlich ist, dass er gar nicht auf einen Fisch wartet, dass er einfach in meiner Küche sitzen bleibt, langsam in meiner Küche alt wird und irgendwann in meiner Küche stirbt, ohne dass je etwas anderes als Würmer am Haken hing.

Nachts nehme ich mir vor, ihn am nächsten Tag darauf anzusprechen, zu versuchen, ihn zur Besinnung zu bringen. Ich würde mich einfach neben ihn setzen, ihm beim Fischen zusehen, ein wenig plaudern und ganz behutsam das Gespräch auf seine Zukunft lenken, auf eine Zukunft ohne ausbleibende Fische. Man könnte gemeinsam Pläne schmieden.

Am Morgen jedoch, wenn ich ihn dort sehe, zwischen dem Alten und dem Blonden mit der albernen Mütze, erscheint mir mein Vorhaben vermessen. Ich koche meinen Kaffee, vielleicht winke ich ihm dabei kurz zu, vielleicht frage ich, wie sie heute beißen. Petri Heil, sage ich womöglich noch, bevor ich zurück in ein anderes Zimmer gehe.

Mundstück Wie gerne wäre ich in meine Flötenlehrerin verliebt gewesen. Wie gerne würde ich jetzt zurückblicken auf diese Tage vor mehr als fünfzehn Jahren, wehmütig zurückblicken, seufzen und sagen: Ja, meine Flötenlehrerin. Nach ihr kam keine, die sich hätte eine Frau nennen dürfen. Wie gerne würde ich noch manchmal, sonntags im Winter, zur Kommode gehen und meine alte Flöte, die Flöte, die zu spielen sie mich gelehrt hat, herausnehmen, sie vorsichtig aus der Filzschutzhülle ziehen, am weichen Nussbaumholz riechen, die Luftlöcher einzeln abtasten, ja das Instrument sogar noch einmal an die Lippen führen, zaghaft, so zaghaft, als wäre das Mundstück ihr Mund, der Mund, der mir immer verwehrt geblieben ist. Zu spielen würde ich nicht wagen, kein Ton wäre so klar wie der, den zu spielen sie imstande war, keine Melodie hätte die Leichtigkeit besessen, die ihre Melodien durchzog. Ach, süße Melodien der Kindheit.

Doch leider war ich nicht verliebt in meine Flötenlehrerin gewesen. Leider war sie keine schöne Frau. Leider war ihr Gesicht hölzern wie ihr Instrument, leider war ihr Körper plump, leider, leider hatte ihre Stimme nichts Verrauchtes, nichts Verruchtes, war kein Säuseln, kein Seufzen, kein Flüstern. Meine Flötenlehrerin hatte ein unbestimmtes Alter, irgendwo zwischen dreißig und fünfzig. Meine Flötenlehrerin lächelte nie, sprach selten und sah beim Spielen aus wie ein verletzter Vogel. Ihr Instrument war die Flöte, genauer gesagt die Blockflöte, und die Blockflöte ist von allen bedauernswerten Instrumenten das bedauernswerteste. Genau genommen ist die Blockflöte nämlich gar kein Instrument, sie tarnt sich nur als eines, in Wahrheit ist sie ein Test, eine Probe, ein Initiationsritus. Blockflöte muss man spielen, wenn man eigentlich ein anderes, ein richtiges Instrument spielen möchte, ein Instrument, das einen zarten oder einen kräftigen Klang hat, das man in schwarzen Koffern mit sich herumtragen darf, mit dem man andere beeindrucken kann. Man kann sagen: Ich bin mit meinem Instrument quasi verheiratet. Eine Blockflöte will man aber bestimmt nicht heiraten, und der einzige Mensch, der mit seiner Blockflöte verheiratet zu sein schien, war meine Flötenlehrerin, in die ich leider nie verliebt war.

Wäre ich in sie verliebt gewesen, hätte ich diese Liebe womöglich auf das Instrument, ihr Instrument übertragen, hätte es zu lieben gelernt, wie ich alles an ihr geliebt hätte, ihr Haar, ihre Schuhe, ihre Wohnung, die Art, wie sie die Beine übereinander schlug. Ich hätte sie gemeinsam geliebt, meine Flötenlehrerin und ihre Blockflöte waren nun einmal nicht zu trennen. Ich hätte noch unter der Bettdecke geübt, um ihren stolzen Blick auf mir zu spüren. Ich hätte mich kundig gemacht über die Geschichte der Blockflöte, ihre Verbreitung, hätte bald alles gewusst über ihre Herstellung, ihre Pflege und ihre großen Virtuosen, wäre vielleicht selbst einer geworden und spielte jetzt in den berühmten Konzertsälen der Welt. Vielleicht wäre ich ein glücklicherer Mensch, nicht nur an Sonntagen im Winter.

Doch diese Liebe zur Blockflöte hatte nie eine wirkliche Chance. Ich war nicht in meine Flötenlehrerin verliebt, nicht einmal ansatzweise, nicht einmal in Stunden größter Verzweiflung. Man verliebt sich nicht in Flötenlehrerinnen, höchstens in Klavierlehrerinnen oder Cellolehrerinnen. Das weiß man, davon hat man gehört.

Als ich vor einigen Wochen durch die Einkaufsstraßen meiner Heimatstadt schlenderte, traf ich sie. Sie hat sich wenig verändert in den Jahren. Ihr Gang war zielstrebig, wahrscheinlich war sie auf dem Heimweg und freute sich bereits auf das Abendbrot, vielleicht kam ihr Lieblingsfilm im Fernsehen. Unsere Blicke trafen sich nur kurz, und in ihrem lag kein Zeichen des Wiedererkennens. Ich bilde mir nichts ein. Ich war einer von Hunderten, einer der vielen, denen sie, schon bald resigniert, ihre Passion zu vermitteln versuchte. Zehn, vielleicht zwanzig Gesichter hat sie sich gemerkt in dieser Zeit, und es gibt keinen Grund, warum meines darunter sein sollte. So gingen wir wortlos aneinander vorbei, was hätte ein Gruß auch genutzt. Sie war auf dem Weg nach Hause und ahnte nicht einmal, welche Möglichkeit wir damals, vor mehr als fünfzehn Jahren, versäumt hatten.

Mit Bindestrich Morgen kommt Pia-Rike. Sie kommt um Sechzehnuhrzwei, und ich soll sie vom Bahnhof abholen. Ich habe jetzt kurze Haare, hat sie am Telefon gesagt, vielleicht erkennst du mich gar nicht mehr. Ob ich denn noch genauso aussähe, wollte sie wissen und ich habe geantwortet, dass ich jetzt Glatze und Schnauzer trage, und Pia-Rike hat ein wenig gezögert, dann aber beschlossen, dass es ein Witz sein müsse, und kurz gelacht. Ihr Lachen hat sich nicht verändert, es ist heiser und klingt ein wenig anzüglich. Pia-Rike hat viele gute Eigenschaften, ihr Lachen gehört nicht dazu.

Ich kenne Pia-Rike aus der Zeit, in der sie noch Rike war. Von der Existenz eines weiteren Namens wusste ich damals nichts, und als wir zeitgleich in diese Stadt zogen und sie verkündete, dass sie jetzt nicht mehr Rike, sondern Pia-Rike genannt werden wolle, ignorierte ich das anfangs, und nicht nur, weil es einfach albern klang. Den Menschen, die sie hier kennen lernte, stellte sie sich mit Pia-Rike vor, auch wenn ich mich darüber lustig machte, und die neuen Menschen nannten sie bei ihrem neuen, albernen Namen, und man fiel auf, wenn man es nicht tat, vor allem Pia-Rike fiel das auf, und ich fühlte mich veraltet, fast reaktionär, an der Vergangenheit festklammernd, und so will man nicht wirken, schon gar nicht in einer neuen Stadt.

Ich weiß nicht mehr, wann ich zum ersten Mal Pia-Rike zu Pia-Rike sagte. Ich habe vergessen, ob ihr das aufgefallen ist, ob sie dazu etwas gesagt hat. Ich weiß nur noch, dass ich die erste E-Mail, die ich an sie schrieb, nachdem sie weggezogen war, das Erste, was ich ihr überhaupt jemals schrieb, mit *Liebe Pia-Rike* begann, dass mir damals auffiel, dass ich gar nicht wusste, ob Pia-Rike mit Bindestrich oder ohne geschrieben wurde, dass ich deshalb den Bindestrich in Klammern setzte, und in ihrer Antwortmail hatte sie dann ein Ausrufezeichen hinter den Bindestrich gesetzt, und dabei ist es dann geblieben.

Das war vor zweieinhalb Jahren. Ein paar Monate später haben wir uns noch einmal gesehen, einen Nachmittag lang. Hier verändert sich alles so schnell, hat sie damals gesagt, unnötigerweise gesagt, denn das wusste man auch aus dem Fernsehen, den Zeitschriften und Stadtführern. Was denn, habe ich gefragt. Na alles, hat Pia-Rike geantwortet und mit ihrem Arm umhergewedelt. Ich habe ihr nicht geglaubt. Ich glaube ihr auch jetzt noch nicht. Baustellen allein reichen nicht für eine Veränderung.

Als mich Pia-Rike anrief, um mir mitzuteilen, dass sie morgen kommt, dass sie um Sechzehnuhrzwei kommt, dass ich sie vom Bahnhof abholen soll, dass sie jetzt kurze Haare habe, dass sie sich freue, mich zu sehen, sagte ich, dass es mich auch freue. Das sagte ich nicht zum ersten Mal.

Vor Pia-Rikes Umzug, als wir ihre Sachen in Kisten und Taschen und Koffern verpackten, als wir ihre Wände strichen und den Fußboden schrubbten, als wir in der leeren Wohnung dann noch ein Bier tranken und alles hallte und wir die Zigaretten in den Kronkorken ausdrückten, weil die Aschenbecher schon eingepackt waren, hatte Pia-Rike gesagt: Wir haben uns nicht besonders oft gesehen in letzter Zeit.

Da hatte sie Recht, das war vielleicht sogar ein wenig untertrieben, denn genauer gesagt hatte es in den Monaten zuvor nur zwei Treffen gegeben. Beim ersten hatte sie mir von ihrem neuen Freund erzählt, und beim zweiten war er schon mit dabei. Er hieß Sven, auch wenn ich anfangs immer Jens zu ihm sagte, er war ein netter Kerl, wie ich eilig formulierte, als Sven bei diesem zweiten Treffen aufs Klo ging und Pia-Rike mich fragte, was ich von ihm halte. Was hätte ich auch sagen sollen. Das Einzige, was mich an ihm störte, war, dass er zu Pia-Rike nicht Pia-Rike sagte, sondern nur Pia. Er sagte es so beiläufig, so selbstverständlich, und Pia-Rike schien es so wenig zu stören, dass ich ihren vollständigen Namen, den Namen, an den ich mich mühsam gewöhnt hatte, der mir endlich ohne Spott über die Lippen kam, so häufig wie möglich in meine Sätze einzubauen versuchte, dass ich dabei das Rike von Pia-Rike, den mir vertrauteren Teil, den Teil hinter dem Bindestrich immer stärker betonte, ihn laut und gedehnt aussprach und Sven dabei fordernd ansah, was er wohl nicht verstand, was ihn noch mehr verunsicherte und schließlich sagen ließ: Ich glaube, wir müssen mal gehen, Pia. Es freue mich, ihn kennen gelernt zu haben, sagte ich dann an der Tür.

Seitdem habe ich Sven nicht mehr gesehen, er wohnt jetzt in Nürnberg, und aus Nürnberg kommt auch der Zug, den ich morgen um Sechzehnuhrzwei erwarte. Pia-Rike hatte damals versucht zu betonen, dass nicht nur Sven der Grund war, warum sie auch nach Nürnberg gezogen ist. Sie hatte von der Altstadt gesprochen und der Umgebung, dem Christkindlmarkt und von ihrem Job, der ihr Spaß mache, und ja, natürlich sei Sven auch einer dieser Gründe, warum auch nicht, warum solle man sich dafür schämen, sie müsse nicht immer beweisen, wie unabhängig sie sei. Das hatte sie mir in der leeren Wohnung erzählt, ihre Stimme klang durch den Hall der kahlen Wände unvertraut, und als ich sagte: Du musst wissen, was du tust, schämte ich mich, denn eigentlich war ich neidisch, eifersüchtig auf ihre Chance zu beweisen, dass man nichts beweisen muss. Das hatte ich ihr nicht gesagt, und Pia-Rike hatte das Gespräch beendet. Ihr sei klar, dass ich das nicht verstehen könne.

Ich weiß nicht, warum Pia-Rike morgen kommt. Vielleicht hat sie etwas zu erledigen oder will alte Freunde treffen, vielleicht hat sie einfach Lust gehabt zu verreisen, es gibt viele Gründe. Ich weiß auch nicht, warum sie sich die Haare abgeschnitten hat, auch dafür gibt es viele Gründe, und man muss auch nicht immer alles als Symptom verstehen. Als ich am Telefon fragte, ob Sven mitkomme, sagte sie: Nein, und es klang so, als ob es dazu noch mehr zu sagen gäbe, Dinge, die man nicht am Telefon bespricht, sondern in Küchen, auf Treppenstufen und Parkbänken, Orte, die mich erwarten morgen in der Zeit nach Sechzehnuhrzwei, Orte, an denen Pia-Rike wieder von Veränderungen sprechen wird, an denen sie nach und nach wieder Rike wird, ohne Pia, ohne Bindestrich, ohne Ausrufezeichen, ohne die Dinge, an die ich mich umsonst gewöhnt habe.

Auf die Plätze Teilnehmerrekord, immerhin. Fast sechstausend Starter in vierundzwanzig Kategorien, und wir irgendwo zwischen *Schülerinnen 1986–1988* und *Junioren 1982–1985*, zwischen Münster und Barfüßerplatz, zwischen

Ich habe gerade andere Dinge im Kopf als Maronen und dem, was darauf folgte.

Natürlich hatte Kristin andere Dinge im Kopf als Maronen. Aber es hatte nun einmal nach Maronen gerochen in der Lücke zwischen zwei Bratwurstständen, und ich hatte gefragt, weil sonst gar nichts gesagt wurde, ob sie ein paar Maronen wolle. Um wieder einen Anfang zu finden, nicht um über Maronen zu sprechen. Ich habe gerade andere Dinge im Kopf als Maronen, sagte Kristin, nicht vorwurfsvoll natürlich, und dann hätten die Dinge folgen können, die sie statt Maronen im Kopf hatte, doch sie folgten nicht.

Was folgte, war, ihr wieder beim Schweigen zuzuhören. Dass sie viel schwieg, war mir klar, ob das hieß, dass auch ich besser schweigen sollte, war mir nicht klar, mir war von wenigem klar, was es zu heißen hatte, noch nicht einmal, ob es gut war, hier zu sein, oder zumindest besser, hier zu sein, ob es überhaupt Sinn machte, hier zu sein, oder ob wir diesen Irrtum gleich einsehen und umkehren sollten. Doch ich hatte nichts einzusehen, das hätte Kristin tun müssen, und sie wollte, so schien es, nichts tun. Sie hielt immer wieder kurz an, um sich irgendetwas anzusehen. Denkmäler zum Beispiel oder Plakate oder jetzt das Innere eines Milchwarenladens, durch die Schaufensterscheibe, es war Samstagnachmittag, und die ordentlich aufgereihten Käselaibe, die Milchflaschen und Joghurtgläser, die Quarktöpfe und Sahnebecher würden heute ihren Platz nicht mehr verlassen. Wir vielleicht schon, es gab noch einen Abendzug, in etwa drei Stunden, noch mussten wir uns für nichts entscheiden. Den Start des Endlaufs könnten wir, wenn wir wollten, in jedem Fall noch kurz verfolgen, die ersten Plätze vielleicht. Für die Siegerehrung würde es mit dem Abendzug allerdings nicht mehr reichen.

Es regnete. Das war keine Überraschung im November. Wir hatten die Kragen hochgeschlagen, was wenig nutzte und uns den ganzen Läufern um uns jetzt noch unähnlicher machte. Alle liefen. Nicht nur diejenigen mit einer Startnummer auf dem Leibchen, nicht nur die, die sich warm- oder ausliefen, nicht nur die Veranstalter mit Funkgeräten auf ihrem Weg vom Anmeldecontainer zur Schule, die jetzt als Umkleide diente. Es schien so, als ob das Laufen zur einzigen Bewegungsform ganz Basels geworden wäre, als ob es einen Volksentscheid gegeben hätte, gegen das gemächliche Gehen, gegen die Langsamkeit. Als ob man plötzlich genug gehabt hätte von der Geduld. Nur wir liefen nicht, nicht einmal ansatzweise. Unsere Geschwindigkeit hätte man ohnehin nicht schnell nennen können, im Kontrast zu den Läufern wirkte sie jedoch noch langsamer, fast statisch, als ob man die Bewegung gar nicht sähe und sie nur an den erreichten Stationen, den Straßenecken zum Beispiel, hätte ablesen können.

Wir hatten vom Stadtlauf nichts gewusst. Erst als am Vormittag, gleich nach unserer Ankunft, die ersten Stände aufgebaut wurden, merkten wir, dass etwas im Gange war. Auch schon am Vormittag die ersten Läufer. Für Basel sprachen andere Dinge. Basel liegt in der Schweiz, und in der Schweiz ist alles etwas anders, aber halt nur etwas, nicht so sehr, dass es einen unruhig macht. In der Schweiz, so hätte man denken können, ist vielleicht auch die Luft besser, wegen der Alpen wahrscheinlich, und die bessere Luft pustet einem dann durch den Kopf und schon ist es dort wieder frisch. Das hätte man denken können. Das wäre aber falsch gewesen. In der Luft fast nur Bratwurst und Maronen, da konnten auch die Alpen nichts ausrichten.

Ich habe gerade andere Dinge im Kopf als Maronen, sagte Kristin aber, und ich wusste ja auch, was das war, das da für Maronen keinen Platz ließ. Ich wusste ja, was da so in etwa herumschwirrte, was Kristin dort nicht mehr herumschwirren haben wollte, was die gute Schweizer Luft am besten sofort herauspusten sollte, was dann auf dem Baseler Trottoir landen würde und von fast sechstausend Läufern und doppelt so vielen Sportschuhen flach getreten gehörte, sich in das Sohlenprofil eingraben sollte, was dann verteilt in kleinen, kaum mehr wahrnehmbaren Fetzen in Basel bliebe. Und dann hätten wir wieder fahren können, und der Stadtlauf wäre uns so zugute gekommen.

Doch Gedanken fallen ja nicht plötzlich aufs Trottoir, nur weil die Luft so gut ist. Gedanken bleiben im Kopf und werden manchmal ausgesprochen, aber, da täuscht das Wort ein wenig, sie bleiben dann ja trotzdem noch dort drinnen. Die Gedanken, von denen ich in etwa wusste, waren Gedanken, mit denen ich mich nicht auskannte. Und es waren Gedanken, bei denen der Unterschied zwischen Kennen und Auskennen zu einem wichtigen Unterschied wurde, Gedanken, bei denen das Kennen überhaupt nichts hilft, bei denen ein Auskennen ganz ausgeschlossen ist und es deshalb auch wenig nutzt, wenn die Gedanken ausgesprochen werden, weil sie dann in der Luft schweben, weit über dem Trottoir, und dort hängen bleiben, Gedanken, auf die man nichts erwidern kann mit anderen ausgesprochenen Gedanken, auf die ich jedenfalls nichts erwidern konnte. Das wusste Kristin vermutlich, und vermutlich war das auch ein Grund dafür, die Gedanken im Kopf zu lassen. Nur manchmal vergaß ich, sie nicht fragend anzuschauen, und sie vergaß dann nur manchmal, schnell irgendetwas zu sagen.

Basel ist nicht sehr groß, und dennoch wussten wir nie, wo genau wir uns befanden. Wir hatten kein Ziel, und wenn eine ganze Stadt in Bewegung, in schneller Bewegung ist, dann kann einem schwindelig werden, dann hat man leicht das Gefühl, im Weg zu stehen, und jedes Mal, wenn wir um eine Ecke bogen, sah wieder alles gleich aus. Kopfsteinpflaster, Läufer auf dem Weg zu den einzelnen Rennen, immer mal wieder das Münster, der Rhein. Hier waren wir schon einmal, sagte ich dann, und Kristin musste darauf nicht einmal nicken.

Ich wartete ein paar Schritte entfernt, als sie sich übergab, und las ein Schild, das mich über die Geschichte und Funktion eines Gebäudes informierte. Dann stand sie wieder neben mir, und ich fragte hastig: Alles klar, aber sie sagte: Alles klar, und sogar: Geht wieder, und ich gab ihr ein Taschentuch.

Und dann musste sie doch lachen, als wir wieder einmal beim Münster ankamen und es schon von weitem hörten, den Lautsprecher und den Jubel, und es dann sahen, Hunderte von Menschen mit Nummern auf dem Bauch, die unter Anleitung von fünf jungen Männern auf und ab sprangen. Die Musik war laut und hämmernd, und die Lichter machten alles rot und blau und grün, obwohl es regnete, und dann reckten die springenden Menschen auch noch alle ihre Arme in die Luft, als die Männer das vormachten, und einer von ihnen schrie dazu etwas in sein Mikrofon, das ich nur zum Teil verstand: Eins, zwei, drei, vier, irgendetwas mit Beinen und mit den Hüften, und alle jubelten. Sie machten sich warm für ihre Läufe, es ging um die Gelenke, die Sehnen und Muskeln. Denen sollte nichts passieren bei der Kälte. Und Kristin lachte, weil es tatsächlich zum Lachen aussah, wie alle so begeistert in Rot und Blau und Grün ihre Arme in den Regen streckten, und ich lachte, weil Kristin lachte, aber dann lachte sie irgendwann nicht mehr, sondern das Gegenteil, und ich konnte endlich etwas tun, nämlich sie abstützen, als die Knie nachgaben für einen Moment.

Lass uns irgendwo hinsetzen, sagte ich, was auch nicht nötig war, und irgendwo, das war dann ein Café. Das Café war zu groß und etwas zu hell, voller kleiner Hartplastiktische und Hartplastikstühle und Ledersessel und Menschen, mit und ohne Kinder, zwei Theken, an denen man sich die Getränke abholen konnte, und dadurch war auch hier alles voller Bewegung. Kristin wollte Rivella, weil wir schließlich in der Schweiz waren, und ich stellte mich bei einer der Theken an und war froh über die Schlange, in die ich mich einreihen musste und so für ein paar Sekunden nichts anderes machen konnte als zu warten und zu überlegen, was ich sagen oder anbieten oder erzählen oder vormachen oder einreden oder ausreden oder empfehlen könnte, doch ich wusste, dass es da nichts gab, dass Kristin das wohl auch nicht erwartete.

Wegzufahren war ihre Idee gewesen und Basel meine, weil sie keine Natur gewollt hatte, weil sie eine Stadt gewollt hatte, weil sie zu München und Salzburg, zu Konstanz, Straßburg, Wien und selbst Paris den Kopf geschüttelt hatte, und bei Basel vielleicht einfach keine Lust mehr gehabt hatte, mit dem Kopf zu schütteln, und als ich gefragt hatte, ob ich mitkommen solle oder lieber nicht, hatte sie gesagt: Ich weiß nicht, und sie hatte es wohl wirklich nicht gewusst, und deshalb war ich mitgefahren. Wahrscheinlich wusste sie es immer noch nicht, und wahrscheinlich würde sie es auch im Nachhinein nicht wissen, weil es in Basel vielleicht etwas anders war, aber halt nur etwas, und das reicht nicht immer.

Die Ärztin hatte natürlich von Ruhe gesprochen, von Alltag gesprochen und hatte natürlich Broschüren mitgegeben mit Telefonnummern, die man anrufen konnte. Tag und Nacht, hatte die Ärztin gesagt. Und bitte machen

Sie das wirklich, hatte die Ärztin gesagt. Und bei der Polizei hatten sie Kristin auch schon Broschüren mit Telefonnummern gegeben. Und natürlich war die verordnete Ruhe keine Ruhe gewesen, und der Alltag noch viel weniger Alltag, und natürlich hatte sie nicht Tag und Nacht irgendwelche Nummern anrufen wollen, nicht noch einmal alles erzählen. Nächste Woche vielleicht. Und natürlich hatte sie nicht zu Hause bleiben wollen, schon gar nicht im Bett. Sie sei schließlich nicht krank.

Der Junge hinter der Theke fragte mich, was es sein solle. Zwei Rivella, bitte, sagte ich. Er öffnete zwei Flaschen, stellte sie mit zwei Gläsern auf ein Tablett. Ich gab ihm Geld, er gab mir Wechselgeld und sagte: Ciao, und das war alles einfach.

Als ich zu unserem Hartplastiktisch zurückkehrte, las Kristin in einer Zeitung. Sie wusste jetzt vom Teilnehmerrekord und von dem Favoriten aus Kenia und auch den Namen des Sponsors, der das Aufwärmtraining veranstaltet hatte. Wir lasen uns gegenseitig die Überschriften und manchmal ganze Artikel vor. Alles, was mit dem Stadtlauf zu tun hatte: Listen mit den Siegern vergangener Jahre, ihre Zeiten, die Rekorde, ein Interview mit dem besten Schweizer Langstreckenläufer, Berichte über die gesperrten Straßen und Umleitungen, über die Anzahl der vertretenen Nationen und ein Porträt des ältesten Teilnehmers, er war achtundsiebzig. Wir lasen, und manchmal machten wir Bemerkungen über das, was wir lasen, und es war gut, weil die Gedanken so etwas leiser schwirrten, und dann blätterte ich um und auf der nächsten Seite gab ein Sportmediziner Hinweise und Tipps zum gesundheitsbewussten Laufen. Kristin begann, ihn mir vorzulesen, und gleich im zweiten Absatz stand, dass der Körper keine Maschine sei und man ihn deshalb auch nicht so behandeln solle, und dann las sie nicht weiter, und es war nicht mehr gut, plötzlich schwirrten die Gedanken wieder ohrenbetäubend, und Kristin sagte, dass sie jetzt lieber gehen wolle.

Draußen hatte es sich verändert, und das lag nicht allein an der Dunkelheit. Nur noch vereinzelte Läufer auf den Nebenstraßen, der Endlauf musste bereits begonnen haben, und wer dort nicht mitlief, stand hinter der Absperrung und klatschte und rief den Laufenden aufmunternde Worte zu. An der Luft hatte sich nichts verändert. Ich hatte Hunger, traute mich aber nicht, Kristin darauf anzusprechen.

Wir gingen nebeneinander, obwohl das mit dem Nebeneinandergehen natürlich täuscht, auch wenn man nebeneinander geht, sich scheinbar auf einer Höhe befindet, gibt es immer einen, der vorangeht, der entscheidet, wann man abbiegt und wann man stehenbleibt. Jetzt war sie das. Und sie entschied, ein paar Mal abzubiegen, und dann entschied sie, stehen zu bleiben, und das war dort, wo viele stehen geblieben waren, wo auch die Läufer bald stehen bleiben würden, kurz hinter dem Ziel. Es war zu voll, um etwas zu sehen. Ein paar abgeschlagene Teilnehmer mussten den Bereich wohl noch einmal passieren, ohne stehen bleiben zu dürfen, denn die Menschen vor uns klatschten ihnen zu, einige riefen auch Namen. Dann wurde das Klatschen leiser und seltener, und dann war es beinah still. Das letzte Läuferfeld hatte wohl die Ziellinie überquert, die für sie noch keine Ziellinie war. Es gab gerade niemanden zu beklatschen und niemanden, dessen Namen man rufen konnte. Das machten jetzt andere Menschen an anderen Teilen der Strecke. Und weil die Letzten vorbei waren und die Ersten noch nicht da, geschah nichts, und wenn eine Menschenmenge um dieses Nichts steht, dann wird das Nichts gefüllt mit Aufregung, einer ansteckenden Aufregung, der man sich nicht leicht entziehen kann, und so starrte auch ich, wie alle um mich herum, in die Richtung, aus der die Läufer kommen und dieser Aufregung schließlich ein Ende bereiten würden, und dann sagte Kristin: Ich möchte gerne nach Hause fahren. Ich sah sie vielleicht ein wenig zu überrascht an, denn sie fügte hinzu: Bitte, und ich sagte: Natürlich, und wir drängten uns durch die, die noch hinter uns standen, durch die Ellbogen und Sporttaschen und Regenjacken. Und dann kam das Klatschen, kam das Anfeuern, das Pfeifen und Rasseln, und kam sehr schnell, bog um die letzte Kurve, rollte auf uns zu. Da waren wieder Hände in der Luft, da hörte man wieder aufgeregte Stimmen aus dem Lautsprecher, und dann war es bei uns und um uns und spülte uns auseinander. Ich sah zu Kristin hinüber, wie sie ein paar Meter entfernt versuchte, geduckt zwischen den sich reckenden Händen und Menschen hindurchzugelangen. Ich winkte ihr zu, aber das sah sie nicht. Als wir an die Absperrung kamen, hatte das Klatschen schließlich das Ziel erreicht.

Der Abendzug fuhr in elf Minuten. Wir müssen uns beeilen, rief ich. Wollen wir laufen?

Freizeichen Dass ich mich in Zukunft an den Weihnachtstagen zu entscheiden hätte, war spätestens nach dem vierten Telefonat klar, schon Ende März, Anfang April, als man einer solchen Tatsache noch ausweichen konnte, als es unnötig war, bereits mit Weihnachtsplanungen zu beginnen. Eine ganze Reihe von Tatsachen war spätestens nach dem vierten Telefonat klar, und nicht allen konnte man ausweichen. Besonders klar war, dass für diese Tatsachen auch ein einziges Telefonat ausgereicht hätte.

Dass es dennoch vier wurden, lag nicht daran, dass die Tatsachen so komplex wären, es lag auch nicht daran, dass das Telefon so komplex wäre, schon gar nicht lag es an einem komplexen Trotz, denn auch wenn man bei Tatsachen wie der mit der Weihnachtsentscheidung denkt, dass sie nicht in eine Telefonleitung gehören, dass sie des direkten Gesprächs bedürfen, des Augenkontakts oder dessen Vermeidung, der Möglichkeit, Körperhaltungen einzunehmen und gegebenenfalls zu ändern, auch wenn man denkt, dass es ein Zeichen von Feigheit ist, diese Nähe zu scheuen, dass nur ein einfacher Weg gesucht worden ist, rasch etwas Unangenehmes zu erledigen, war ich schon damals, als mir die Tatsachen am Telefon mitgeteilt wurden, erleichtert, dass auf einen den Tatsachen angemessenen Weg der Mitteilung verzichtet worden war. Ich mag einfache Wege.

Und ich habe mir in der Zeit nach den Telefonaten zwar nicht häufig, aber oft genug vorgestellt, wie es gewesen wäre, wenn mir die Tatsache, dass ich schließlich doch noch zu dem wurde, was andere schon längst waren, und was man bei diesen anderen nicht mehr überrascht zur Kenntnis nahm, nicht am Telefon, sondern an dem schweren Tisch im Wohnzimmer gesagt worden wäre, wie wir da zu zweit, zu dritt oder gar zu fünft gesessen hätten, ohne aufstehen zu können, bis alles geklärt gewesen wäre, und weil bei Dingen, die angeblich nicht in eine Telefonleitung gehören, nicht alles zu klären ist, wahrscheinlich überhaupt nichts zu klären ist, hätte es lange gedauert, und es wären Sätze gesagt worden, die nicht nötig gewesen wären und die man am Telefon hätte verhindern können, die am Telefon, wenn auch nur zum Teil, verhindert worden sind. Mittlerweile bin ich nicht nur erleichtert, sondern dankbar, dass das Telefon gewählt wurde, um mir die Tatsache mitzuteilen. Tatsachen haben nichts an schweren Tischen zu suchen. Tatsachen nimmt man zur Kenntnis, sonst kann man nicht viel mit ihnen tun.

Und so nahm ich zur Kenntnis, was meine Mutter mir

beim ersten der vier Telefonate mitteilte, dass sie und mein Vater, Robert und ich, sagte sie, nicht: Dein Vater und ich, was sich seltsam, fast falsch, anhörte, sich trennen würden. So nahm ich zur Kenntnis, dass sie es sich gut überlegt hätten, und ich nahm zur Kenntnis, dass meine Mutter danach nichts sagte. Ich tat es ihr gleich, schaute auf den Baum, den man durchs Fenster sehen konnte, und legte dann auf.

Das Auflegen ist einer der größeren Vorteile des Telefons gegenüber dem schweren Tisch. Man kann sich am Telefon jederzeit entziehen, ohne Gefahr zu laufen, von den Gesprächspartnern in den Entzug verfolgt zu werden, man muss nicht aufstehen, keine Stühle rücken, keine Türen erst öffnen und dann zuschlagen, man muss nicht das Weite suchen. Beim Auflegen am Telefon macht man die Entfernung einfach nur wieder so groß, wie sie ist, und man redet sich ein, dass dies der Normalzustand sei, es fällt einem auf, wie anmaßend es vom Telefon ist, diese Entfernung aufheben zu wollen, hält es für eine fast bedrohliche Erfindung, eine Erfindung, die alles durcheinander bringt, Maßstäbe verfälscht, Naturgesetze aushebelt, und es ekelt einen ein wenig, und man hat ein wenig Angst, dass das Telefon erneut klingeln könnte, und man zieht sich Schuhe an und eine Jacke, um dann doch das Weite zu suchen, und dann steht man an der Tür, die Klinke vielleicht schon in der Hand, vielleicht sogar schon halb im Treppenhaus, und dann rief ich, in Schuhen und in Jacke, zurück.

Meine Mutter hatte geweint in der kurzen Zeit zwischen dem ersten und dem zweiten Telefonat. Sie schluckte, bevor sie ihren Nachnamen sagte, der auch mein Nachname war und von dem jetzt entschieden wurde, dass er nicht mehr zu ihr passe. Sie sagte ihn wahrscheinlich aus Gewohnheit, weil sie schon Tausende Telefonate so begonnen hatte, weil man es kaum verhindern kann, stets das Gleiche zu sagen, wenn man den Hörer abnimmt, selbst wenn man weiß, wer anruft, und manchmal hört diese Gewohnheit nicht mit dem Nennen des Namens auf, zieht sich noch weiter durch die ersten Sätze, manchmal bis ans Ende des Gesprächs, und so konnte auch ich nicht verhindern, das zu fragen, was man fragt, wenn man einer neuen Tatsache ausgesetzt ist, was man vor allem als Kind angesichts neuer Tatsachen fragt, und schließlich war ich jetzt Kind und durfte es fragen, ich fragte: Warum, und bereute es sofort, weil ich gar nicht wissen wollte, warum sich meine Eltern, warum sich mein Vater und meine Mutter, warum sich Mama und Papa, warum sich Herr und Frau mein Nachname trennten. Ich wollte nichts hören vom Auseinanderleben und Wasbesseresverdienthaben, ich wollte nichts über Seitensprünge, über Affären, über neue Lieben erfahren, auch nichts über neue Anfänge in einem Alter, in dem einem Anfänge nicht mehr zustanden.

Ich habe mit meinen Eltern selten über Dinge gesprochen, die bei mir oder bei ihnen auf ein Gefühlsleben hätten schließen lassen können. Das haben wir uns abgewöhnt, vor Jahren schon. Und mir graute auf einmal, jetzt mit einem Übermaß solcher Aussagen konfrontiert zu werden, mir graute davor, dass mir diese Aussagen vertraut sein könnten, dass meine Mutter etwas sagen würde, was ich auch hätte sagen können, was ich vielleicht sogar schon einmal gesagt hatte.

Und weil meine Mutter nicht sofort auf mein kindisches Warum antwortete, da es immer schwierig ist, auf ein Warum zu antworten, und weil ich das Warum bereits bereute, und weil mir graute, weil ich so unpassend in Schuhen und Jacke in der Zimmermitte stand, versuchte ich, mit dem Traurigsein zu beginnen, was nicht richtig gelingen wollte, vielleicht, weil schon meine Mutter schlucken musste, vielleicht weil es viel zu offensichtlich erschien, jetzt traurig zu werden, vielleicht auch, weil ich nicht wusste, was genau mich traurig machen sollte, und so entschied ich mich unter den verbleibenden Gefühlslagen für die Empörung. Ich war nicht mehr erleichtert, sondern empört, dass meine Mutter mir die Tatsache am Telefon mitteilte, ich war empört und alles andere als dankbar, dass meine Eltern sich trennen wollten, ich war empört, dass sie sich jetzt dazu entschlossen hatten, jetzt, da es zu spät war, noch als Scheidungskind durchzugehen, jetzt, da meine Eltern doch solche Entscheidungen hinter sich haben sollten, jetzt, da meine Geschwister und ich uns verstreut hatten, alle drei in fast identischer Entfernung von dem Haus, in dem wir aufgewachsen waren, das ohnehin schon zu groß geworden war nach unseren Auszügen und jetzt viel zu groß werden würde, in dem auf dem Dachboden, im Keller, in einzelnen Zimmern noch Sachen von mir lagerten, die ich jetzt wohl einzusammeln hatte, und auch das war empörend. Ich war empört, dass sich plötzlich wieder etwas aufdrängte, dass eine Gewohnheit aufgelöst werden sollte, die als Gewohnheit fast gar nicht mehr wahrnehmbar war. Ich war empört, jetzt in Jacke und in Schuhen in der Zimmermitte zu stehen und auf einmal wieder Eltern zu haben, was mich wohl oder übel zum Kind machte, zu einem empörten Kind auch noch, das nur das Weite suchen wollte, und das durfte ich nicht, weil ich nicht am schweren Tisch saß, weil mir nichts schonend beigebracht wurde, weil sich für mich so empörend wenig änderte.

Es gibt viele Gründe, sagte meine Mutter in die Empörung hinein, und ich brauchte einen Moment, bis mir wieder einfiel, über welche Gründe wir sprachen, sprechen sollten. Natürlich gab es viele Gründe, ein einzelner Grund wäre doch lächerlich, ein einzelner Grund reicht doch nie und nimmer, und ich wollte sie nicht hören, die Gründe, ich kannte die Gründe, ich war oft genug selbst Zeuge der Gründe geworden, aber es waren nie entscheidende Gründe gewesen, bis jetzt, bis zu diesem lächerlichen Zeitpunkt, an dem sie für mich keine Gründe mehr waren. Und deshalb ließ ich keine vielen Gründe gelten, ich fragte die nächste Frage, beinah noch kindischer als die erste. Du oder Papa, fragte ich, und ich hörte, dass es viel abschätziger klang, als es gemeint war, und meine

Mutter hörte das auch und weinte wieder, und dann war sie es, die auflegte.

Wenn man das Weite suchen will, dann ist es nicht nur wichtig, Schuhe und eine Jacke anzuziehen, es ist auch wichtig, nicht erst im Zimmer auf und ab zu laufen, denn wenn man erst im Zimmer auf und ab läuft, dann sucht man nicht das Weite, dann straft man Schuhe und Jacke weiter Lügen und ruft zurück, auch wenn man es nicht selbst war, der aufgelegt hat, dann wartet man geduldig, bis abgenommen wird, dann entschuldigt man sich einmal, zweimal, dreimal, dann hört man dem Weinen zu, dann sagt man lieber gar nichts, dann schweigt man, bis das Weinen unterbrochen wird am anderen Ende der Leitung, dann hört man zu, wenn Gründe genannt werden, auch wenn man die Gründe schon kennt, dann hört man auch weiter zu, wenn manche Gründe mehrmals genannt werden, dann macht man die zustimmenden Laute, die es wahrscheinlich gar nicht braucht, wenn es um Gründe geht, und am Ende sagt man schnell so etwas wie: Schlaf jetzt, und wenn man dann aufgelegt hat, wenn es keines Rückrufes mehr bedarf, wenn man schließlich aus dem Haus geht, ist es zu spät, um noch das Weite zu suchen, dann läuft man höchstens ein wenig umher und versucht, sich eine Meinung zu bilden, was nur ansatzweise gelingt, und dann geht man zurück, zieht die Schuhe aus und auch die Jacke und macht am besten den Fernseher an.

Das vierte Telefonat verschob ich auf den nächsten Tag. Mein Vater schluckte nicht, bevor er seinen Nachnamen sagte, er sprach auch nicht viel, nicht viel über Gründe und noch weniger über anderes. Einige Sätze kannte ich schon vom Vortag, das war nicht überraschend, es gibt nur ein begrenztes Repertoire. Ich traute mich nicht zu fragen, ob er traurig sei, auch nicht, ob ich kommen solle. Bis bald, sagte ich zum Abschied und er sagte: Das wäre schön.

Dass er sich jetzt Turnschuhe gekauft habe, erfuhr ich erst später über meinen Bruder. Es ist hier jetzt auch beängstigend sauber, sagte er ein paar Wochen nach den vier Telefonaten, als er mich von unserem Elternhaus aus anrief, dem Haus, das jetzt zum Verkauf stand. Nach fast jeder Mahlzeit komme mein Vater mit dem Tischstaubsauger an, und im Bad ständen jetzt kleine Pyramiden. Ich mache mir Sorgen, sagte mein Bruder. Wegen Duftpyramiden, fragte ich, und mein Bruder sagte: Wenn du hier wärst, wüsstest du, was ich meine. Aber ich war nicht dort, ich war am anderen Ende der Leitung und hatte nicht vor, diesen Platz so schnell zu verlassen.

Natürlich gab es noch weitere Telefonate. Weitere mit meiner Mutter, weitere mit meinem Vater und etliche mit meinen Geschwistern. Telefonate, bei denen man erst am Ende des Gesprächs auflegte, in denen alles nur noch wiederholt wurde, die nicht mehr zählten. An fünf verschiedenen Orten wurde immer der gleiche gewohnte Nachname gesagt, und Kindersätze und Elternsätze und angedeutete und ausformulierte Empörungen und so viele Gefühlslebenaussagen, dass man sich auch daran fast schon gewöhnte. Das alles nahm ab.

Dass ich mich an den Weihnachtstagen zu entscheiden hätte, wurde Mitte November unübersehbar. Die Verteilung stand schon fest, mein Bruder lud meine Mutter und ihren Freund ein, meine Schwester würde meinen Vater besuchen. Erst Anfang Dezember rief ich beide zurück. Ich komme gerne, sagte ich jeweils.

Neutronen Es war Berend, der das Molekül-Spiel erfand, daran erinnere ich mich genau. Er erfand es an einem 3. März, an seinem achtundzwanzigsten Geburtstag, als wir zu acht oder neunt nachts noch einen Spaziergang machten und es eigentlich viel zu kalt war, um sich im Freien aufzuhalten. Das Molekül-Spiel bot sich an für so eine Nacht und wurde, nachdem Berend es erfunden und erklärt hatte, bereitwillig ausprobiert. Es war im Grunde einfach. Am besten spielte man es auf einer Wiese oder sonst einem weichen Untergrund, denn beim Molekül-Spiel konnte man sicher sein, früher oder später auf dem Boden zu landen, meistens früher. Die Spielfläche wurde vage begrenzt, ein paar Quadratmeter genügten, und auf ihr galt es, wild durcheinander zu rennen, sich hin und wieder zu kleinen Klumpen zusammenzuschließen, die in Berends Erfindung Atome darstellen sollten, eng aneinander gepresst, wie es Atome nun einmal sind, um anschließend mit anderen solchen Atomen einen größeren Klumpen zu bilden, ein Molekül, wie Berend erklärte, jedoch sofort wieder auseinander zu springen, sobald der Klumpen zu groß wurde, sobald sich die Ladung in einem ausreichenden Maße änderte. Es sei schließlich wichtig, auch einmal die Perspektive eines Moleküls einzunehmen, einmal selbst Molekül zu sein, sagte Berend, der sich meines Wissens in achtundzwanzig Jahren nie sehr für Naturwissenschaften interessiert hatte. Warum es wichtig sei, sagte er nicht.

Eigentlich war in Berends Erfindung vorgesehen, dass jeder Mitspieler sich vorher für eine Rolle, Proton oder Elektron oder Neutron, zu entscheiden hatte, darauf legte Berend großen Wert, doch diese Regel fand nie wirklich ihre Anwendung. Keiner wollte Neutron sein, und im Verlauf des Spiels wurde auch schnell deutlich, dass man sich die Ladungen der anderen ohnehin nicht merken konnte. Also rannten wir nur durcheinander, formten Klumpen, die mit Atomen und Molekülen wahrscheinlich wenig Ähnlichkeit hatten, und brachen zu willkürlichen Zeitpunkten, meist sehr schnell, wieder auseinander, und nach drei, vielleicht vier Minuten lag man auf dem möglichst weichen Boden, gelegentlich mit einem Kratzer oder einer leicht geprellten Schulter und lachte und schrie irgendetwas und schnappte nach Luft, bis die zweite Runde begann, und man wieder auf dem Boden lag, bis die dritte Runde begann, und man noch früher auf dem Boden lag, bis die vierte Runde begann, und man sofort auf dem Boden lag, bis man zur fünften Runde gar nicht mehr aufstand, nur kriechend und übereinander rollend Atomklumpen zu formen versuchte, die zu einem einzigen großen Molekülklumpen wurden, der dann nicht mehr auseinander brach, bis man sich vor lauter Beinen und Händen und Füßen, Armen, Oberkörpern, Haaren und Hüften nicht mehr bewegen konnte, auch fürs Erste nicht mehr bewegen wollte, bis man diese Körperteile anfangs unmöglich einer bestimmten Person zuschreiben konnte, nicht einmal die eigenen, bis diese Körperteile in Bewegung gerieten, bis sie sich aneinander rieben, einander streiften, ineinander griffen, miteinander umgingen. Auch meine waren natürlich darunter, fanden nach einigem Suchen ihren Platz auf anderen, auf denen, die bequem zu erreichen waren, nur darum durfte es gehen, und ich bemühte mich, nicht daran zu denken, zu wem sie gehörten, man war schließlich Klumpen, ich bemühte mich, nicht daran zu denken, zu wem sie am liebsten gehören sollten, ich bemühte mich, mir keinen Überblick zu verschaffen. In einem Klumpen sollte man sich keinen Überblick verschaffen, in einem Klumpen ist es ganz unmöglich, sich einen Überblick zu verschaffen, einen Klumpen zu überblicken bedeutet, nicht mehr Teil dieses Klumpens zu sein, und wenn man nicht mehr Teil des Klumpens ist, nützt einem der ganze Überblick nichts mehr, und dann entdeckte ich auf einmal doch den

Ärmel von Ninas blauer Steppjacke, konnte Ninas Hand ausmachen, die vorsichtig durch Haare strich, von denen ich nur wusste, dass es nicht meine Haare waren, denn durch meine Haare strich eine andere Hand, über deren Besitzer ich mir nicht im Klaren war. Ich überlegte, ob es anatomisch möglich wäre, dass es sich bei der Hand in meinen Haaren um Ninas andere Hand handelte, als ich sie auf einem Unterarm entdeckte, von dem ich auch nicht viel mehr wusste, als dass es nicht mein Unterarm war. Sie lag dort teilnahmslos und war zu weit entfernt, um auch nur zu versuchen, in ihre Nähe zu gelangen, das tat stattdessen eine andere Hand, deren Finger sich schnell mit Ninas Fingern verhakten, sich zwischen sie drängten, ich sah, wie die Daumen sich umkreisten, wie sich die Knöchel hoben und senkten, und ich bemühte mich, diese andere Hand dafür nicht zu verachten, bemühte mich, es lächerlich zu finden, eine Hand zu verachten. In einem Klumpen musste man mit solchen Dingen rechnen, und man war doch Klumpen, war doch Masse, man war doch schließlich Molekül. Ich versuchte, mehr auf den Fuß, der sich an meinem Bein rieb, zu achten, mehr auf die Hand auf meiner Brust, und auch auf die in meinen Haaren, über deren Besitzer ich noch immer nur Vermutungen anstellen konnte. Das waren schließlich die Dinge, mit denen ich zu tun hatte, das war schließlich mein Platz im Klumpen, das hatte mich zu beschäftigen, das beschäftigte mich aber nicht. Mich beschäftigte, dass Ninas linke Hand immer noch durch die Haare, die nicht meine waren, strich, dass es sich dabei, wie ich jetzt erkennen konnte, um Berends Haare handelte, und diese Haare, diese Hand waren, wenn auch nur über Umwege, erreichbar, und deshalb verließ ich mit meiner Rechten ein Knie, streifte eine Schulter, eine Wange, pausierte kurz auf einer Hüfte, erreichte dann Berends Kopf, Berends Haare, tastete mich in ihnen hervor, doch Ninas Hand war mittlerweile von dort verschwunden, ich konnte nicht sehen, wohin, und als ich nach ihr suchte, blickte mich Nina plötzlich an. Ich erschrak und schloss schnell die Augen, fühlte mich ertappt, weil man doch nicht zu schauen hatte, weil man es doch geschehen lassen sollte, Klumpen geschehen lassen sollte, Masse geschehen lassen sollte, weil man doch endlich Molekül war, und nicht mehr durcheinander laufendes Proton oder Elektron oder Neutron.

Ninas Hand fand sich etwas später, als ich die Augen wieder öffnete, auf einem Bauch, nicht weit entfernt, doch ich traute mich nicht, ihr noch einmal nachzukommen. Meine Hand blieb auf Berends Kopf, weil sie da nun einmal lag, und strich durch ein paar Strähnen, weil sie nicht einfach nur da liegen konnte, weil es mit Haaren nicht viel anderes zu tun gab, weil es in einem Klumpen doch nichts zu bedeuten hatte, dass es sich um Berends Haare handelte. Es hatte nichts zu bedeuten, dass es auch Berends Hand war, die auf meiner Brust lag. Es hatte bestimmt nichts zu bedeuten, dass die unbekannte Hand in meinen Haaren längst in meinen Nacken gewandert war, dass sich eine Wange an meine Stirn drückte, dass sich ein Knie zwischen meine Beine geschoben hatte, es hatte ganz und gar nichts zu bedeuten, dass meine linke Hand, ohne dass ich sie dahin geführt hätte, auf einem Oberschenkel lag, dass sie auf der Innenseite dieses Oberschenkels lag, dass sich der Oberschenkel bewegte. Ich ahnte, wem der Oberschenkel gehörte, ich ahnte, wem das Knie gehörte, ich bemühte mich, das nicht zu ahnen, ich bemühte mich, nur einen Oberschenkel, nur ein Knie, nur eine Wange wahrzunehmen, ich bemühte mich, nicht nach Ninas Händen zu sehen, nicht nach Berends Händen zu sehen, nicht nach meinen Händen zu sehen, ich bemühte mich, bei alldem nicht zu frieren.

Erst dann fiel mir auf, dass schon lange nicht mehr geredet wurde, mir fiel mir auf, wie laut das Atmen zu hören war, wie laut das Schlucken zu hören war, wie laut das Reiben zu hören war, von Wolle auf Polyamid, von Polyamid auf Leder, von Haut auf Haut, der Oberschenkel an meiner Hand musste zu hören sein, das Knie zwischen meinen Beinen musste zu hören sein, sogar die Wange an meiner Stirn, nur Berends Hand war nicht zu hören. Sie lag auf meiner Brust, ohne sich zu bewegen, die Finger waren leicht gekrümmt, ich konnte sie nur spüren, wenn sich mein Brustkorb beim Einatmen leicht hob, und auch dann war ich mir nicht sicher, ob ich mir das vielleicht nur einbildete. Ich hielt die Augen jetzt geschlossen, ich wollte auf keinen Blick mehr treffen, ich wollte, dass jetzt alle die Augen geschlossen hielten, dass jetzt alle atmeten, wie sie bisher geatmet hatten, dass nichts lauter wurde, dass sich jetzt alle Körperteile bewegten, wie sie sich bisher bewegt hatten, dass nichts schneller wurde, dass Berends Hand sich endlich auch zu bewegen anfing, weil sich in einem Molekül doch alles zu bewegen hatte.

Es war Nina, die schließlich fragte, ob uns auch aufgefallen sei, dass diese Runde schon etwas länger dauern würde als die vorigen. Daran erinnere ich mich genau. Alle öffneten die Augen, blinzelten sich an, dann standen wir schnell auf, bevor ein nachträglicher Überblick möglich wurde, schüttelten die eingeschlafenen Arme und Beine und machten uns auf den Heimweg. Ich bemühte mich, nicht zu schweigen. Alle bemühten sich darum. Man sagte, dass es kalt sei, man sagte, dass man seine Füße nicht mehr spüren könne. Vor Berends Haustür gehörte ich zu den ersten, die sich verabschiedeten.

Auf dem Heimweg tat es mir dann leid, Nina bei der Verabschiedung so angesehen zu haben, es tat mir leid, Berend bei der Verabschiedung überhaupt nicht angesehen zu haben, es tat mir leid, dass ich nicht Klumpen gewesen war, nicht Masse, und schon gar kein Molekül.

Wir spielten das Molekül-Spiel nur dieses eine Mal, niemand schlug es mehr vor, selbst wenn es dann doch einmal erwähnt wurde, das hat nicht zu verwundern. Nach dem Winter kamen erst einmal die übrigen Jahreszeiten, da fielen andere Veränderungen gar nicht auf, die fielen erst auf, als es dann wieder März wurde, als Berend neunundzwanzig wurde, als wir uns bei ihm trafen, ein paar von den acht oder neun des Vorjahres und ein paar andere. Nina war nicht da. Nina hatte ich im Laufe der übrigen Jahreszeiten aus den Augen verloren. Das hat auch nicht zu verwundern, ich kannte sie nur über Berend, und auch Berend hatte sie aus den Augen verloren. Spät machten wir in dieser Nacht noch einen Spaziergang, und es war eigentlich viel zu kalt, um sich im Freien aufzuhalten, deshalb pressten wir die Arme an den Körper und vergruben die Gesichter in den Schals. Irgendwann sah ich Berends Schal neben mir. Denkst du auch gerade an das Spiel, fragte er. Nein, sagte ich. Berend hakte sich bei mir ein. Ich auch nicht, sagte er. Ich musste lachen. Ich lachte.

In die Augen Sarah steht eigentlich im Perfekt. Sarah ist vollendet. Sarah, das ist gewesen, wenn auch nicht viel, wenn auch nur kurz, das hatte seine Zeit, seine Gegenwart, und diese Zeit ist vorbei, schon lange vorbei, und wir telefonieren nicht. Mit einem Perfekt hat man sich wenig zu sagen.

Ein Perfekt erkennt man daran, dass alles von einer ernüchternden Klarheit ist, und zu einer ernüchternden Klarheit kann man im Grunde nur nicken und sich dann mit etwas anderem beschäftigen. Mit Sarah gab es eine Klarheit, und sie war ernüchternd, es gab sie sehr schnell, so schnell, dass man vor ihr in Deckung gehen musste, und als wir dann nicht telefonierten, unterschied sich das von anderem Nichttelefonieren, kein *Eigentlich sollte ich*, und auch kein *Eigentlich möchte ich*, da war nicht das hastige Auflegen beim ersten Klingelton, kein Schweigen auf dem Anrufbeantworter, auch keine geflüsterten Begrüßungen, keine ersten Sätze, die nutzlos geprobt werden mussten. Das wenigstens blieb uns erspart. Wir telefonierten nicht, weil wir nichts hätten sagen können, weil es nicht um ein Melden ging, weil es schließlich Perfekt war.

Als es noch nicht Perfekt war, als wir uns noch nichts ersparten, als wir noch telefonierten, viel zu oft und viel zu lang, weil jedes Telefonat ein weiteres benötigte, um die Missverständnisse des vorangegangenen in neue Missverständnisse zu verwandeln, als das mit der Klarheit noch ausblieb, traf Sarah, um die fehlende Klarheit zu verbergen, oft Aussagen. Sie sagte aus: Wir sind halt beide schwierige Menschen. Sie sagte aus: Wir brauchen Zeit. Sie sagte auch aus: Vielleicht haben wir einfach verschiedene Vorstellungen.

Viele solcher Aussagen werden getroffen, wenn sich die Gegenwart sträubt, viele solcher Aussagen werden leichtfertig getroffen, auch von mir, obwohl ich sie meist verschwieg, und man nimmt sie kaum wahr, weil außer den Aussagen nichts getroffen ist, kein Punkt, kein Kern, noch nicht einmal die Wahrheit. Sarah und ich waren nicht schwierig, es war nicht schwierig, es war einfach und unmöglich. Zeit brauchten wir auch nicht, wir brauchten nichts weniger als Zeit, Zeit war das, wovon es viel zu viel gab. Und wir hatten auch keine verschiedenen Vorstellungen, unsere Vorstellungen waren symmetrisch und leicht zu formulieren, in meiner Vorstellung verliebte sich Sarah bis zur Schwindeligkeit in mich, und in Sarahs Vorstellung verliebte ich mich bis zur Schwindeligkeit in sie. Und wir waren beide entrüstet, dass es dennoch misslang, obwohl die Vorstellungen doch so unwahrscheinlich symmetrisch erschienen, wir waren so entrüstet, dass wir von nichts anderem als von den Vorstellungen sprachen, bis zur Schwindeligkeit von den Vorstellungen sprachen, bis uns auffiel, dass das Sprechen von den Vorstellungen selbst gar nicht zu den Vorstellungen gehörte, und dann war plötzlich alles klar, dann war es auf einmal Perfekt.

Dem Perfekt wird oft misstraut. Vielleicht weil es so selten ist. Und vielleicht sollte man dankbar sein, ein paar solcher Perfekts zu haben, wenn sich sonst immer alles dahinzieht, wenn sich sonst immer alles mitverändert, sich anpasst, wenn alles so beliebig wandelbar erscheint, sich nichts aus den Augen verliert. Dinge tauchen wieder auf, damit ist zu rechnen. Nur die Perfekts tauchen nicht auf, weil sie nie verschwunden sind, weil sie sich immer da befinden, wo man sie hingelegt hat, in der Vergangenheit, der abgeschlossenen Gegenwart, die mit anderen Gegenwarten zum Glück nichts zu tun hat.

Und Sarah stand also eigentlich im Perfekt, und beim Perfekt ist es im Grunde gleichgültig, wie lange es zurückliegt, es ist abgeschlossen und befindet sich somit außerhalb der Chronologie. Und dennoch glaubt man sich immer mehr in Sicherheit, je weiter sich das Perfekt von der Gegenwart entfernt, traut ihm immer weniger zu, dass es, so sorgfältig abgeschlossen, noch etwas ausrichten kann, doch das nützt nichts, wenn es dann doch auftaucht, ganz unscheinbar und vorsichtig auftaucht, dann ist es plötzlich da, in der Gegenwart, die Zeiten kollidieren, und man steht dazwischen und dazwischen ist immer eine problematische Position.

Ein Perfekt in der Gegenwart wird nicht zur Gegenwart, es bleibt ein Perfekt, und damit ist in der Gegenwart nichts anzufangen. Andere Vergangenheiten lassen sich vielleicht aktualisieren, ein Perfekt nicht. Und Sarah, immer wenn sie dann doch auftauchte, weil das Perfekt nur eigentlich war, wenn sie, aus Gründen, die nichts mit mir zu tun hatten, für ein paar Tage in der Stadt war, blieb sie ein Perfekt und wir küssten uns leider.

Wir küssten uns immer nur einmal und immer erst am Ende, spät am Abend, in der Nacht, zuweilen erst am Morgen, immer erst nachdem wir dann doch einmal telefoniert hatten, nur kurz, wenn Sarah sagte, dass sie gerade in der Stadt sei, fragte, ob wir uns sehen wollten, wenn ich sagte, dass ich das schön fände, wenn wir uns dann verabredeten, uns umarmten und anschauten, einmal von Kopf bis Fuß und dann in die Augen, wenn Sarah fragte, wie es mir gehe, als ob das eine wirkliche Frage wäre, wenn ich dann dennoch ein wenig erzählte und Sarah ein wenig erzählte, wenn wir noch einen Gin-Tonic tranken, wenn Sarah *Ach* sagte und meinen Namen und ich *Ach* und ihren Namen sagte, wenn wir uns dann wieder anschauten, schon ein wenig bedeutungsvoller, und vielleicht sogar etwas seufzten, wenn wir dann aufbrachen und schließlich an irgendwelchen Straßenecken standen, dann umarmten wir uns die entscheidenden Sekunden zu lange, dann lagen unsere Wangen aneinander, und plötzlich waren dann auch die Zungen im Spiel und die Hände, und dann schauten wir etwas traurig und verabschiedeten uns und telefonierten nicht.

Ich hörte bald auf, mir vorzunehmen, Sarah nicht mehr zu küssen. Ich hörte auf, schon früh an einem solchen Abend anzukündigen, dass ich bald aufbrechen würde, um es dann doch nicht zu tun. Ich hörte auf, mich in möglichst sicherer Entfernung von ihr aufzuhalten, ein Stuhlbreit Abstand hätte da ja oft schon genügt. Ich hörte auf, ihren Blicken auszuweichen und auch meine sehr kurz zu halten, ich hörte auf, mir nicht mehr die Zähne zu putzen, bevor wir uns trafen. All das probierte ich, geküsst hatten wir uns am Ende dennoch, und die Gegenwart hatte wieder einmal versagt.

Die Gegenwart mischte sich ohnehin nicht viel ein, denn auch wenn ich immer ein wenig erzählte und Sarah ein wenig erzählte, wussten wir fast nichts voneinander. Die Namen, die in ihren Erzählungen auftauchten, vergaß ich schnell, auch die, die häufiger auftauchten, einer immer am häufigsten, doch auch der schien meist bei jedem Treffen zu wechseln, und ich fragte nicht nach seiner Bedeutung. Und auch Sarah wusste nichts von den Namen in meinen Erzählungen, und auch Sarah fragte nicht nach. Wir schauten uns dann nur an, meist in die Augen, als ob es nichts zu vertiefen gäbe, als ob all das eigentlich nebensächlich sei.

Wenn Sarah und ich damals, als das Perfekt noch Präsens war, miteinander schliefen, schauten wir uns dabei auch immer in die Augen. Ab und an trifft man auf diese Blicke, mit anderen Menschen in anderen Situationen, meistens während anstrengender Gespräche, beim Streiten oder nachdem man etwas Unvorsichtiges gesagt hat. Es sind Blicke, die nach einer Wertung suchen und diese Wertung in den Augen vermuten, doch man wird nicht fündig, weil der andere auch mit diesem Suchen beschäftigt ist, und so sieht man sich nur in die Augen, sieht kleine Adern, sieht die Iris, sieht die Pupille, alles, nur keine Wertung, und die Blicke führen nicht weit.

Mit Sarah gab es diese Blicke nicht mehr. Sie waren anderen gewichen. Und dennoch merkte ich, wie ich darauf achtete, ob sich Sarahs Atem beschleunigte, wenn wir uns küssten, wie ich darauf achtete, ob sich ihre Wangen erhitzten, ob sich irgendwo eine Gänsehaut bildete, und auch Sarah prüfte immer wieder, ob sich bei mir deutliche Zeichen einer Erregung abzeichneten. Mir war das etwas unangenehm, denn es war schon seltsam genug, im Perfekt zu küssen, es war fast ein wenig ungehörig, noch ungehöriger jedoch war es, von einem Perfekt erregt zu werden. Und so beendeten wir die Küsse immer dann, wenn wir genug Anzeichen beim anderen entdeckt zu haben glaubten, wenn wir endlich traurig schauen durften, wenn wir wieder nichts vertieften und so taten, als ob es etwas zu vertiefen gäbe.

Man hätte sagen können, dass Sarah und ich uns belogen. Ich hätte sagen können, dass Sarah und ich uns belogen, ich hätte sagen können, dass die Küsse gelogen waren, dass die Blicke gelogen waren, dass es gelogen war, wenn wir *Ach* und den Namen des anderen sagten, dass man streng genommen selbst die Gin-Tonics als Lüge hätte bezeichnen müssen. Das hätte ich alles sagen können, und einmal hätte ich es fast gesagt. Ich sagte es fast an einer der Straßenecken, als es schon zu spät war, um für diesen Abend noch etwas zu ändern, ich sagte es fast, ohne genau zu wissen, warum es mir notwendig erschien.

Wenn eine Lüge einmal zugegeben ist, ist das Perfekt beendet, dann ist es ein Plusquamperfekt, dann könnte man sich erst wieder in der Gegenwart sehen, und in der Gegenwart hatten Sarah und ich uns ja nicht viel zu sagen. Bevor man eine Lüge zugibt, besonders wenn es sich um eine beidseitige, eine offensichtliche Lüge handelt, sollte man sich das genau überlegen, und weil es nie zu spät für die Wahrheit, doch schnell zu spät für eine neue Lüge ist, überlegt man sogar lieber sehr genau, und dann geschieht es leicht, dass man Dinge nur fast sagt.

Und so sagte ich an der Straßenecke nicht das, was ich sagen wollte, ich sagte nicht: Sarah, wir belügen uns, oder: Sarah, das ist doch lächerlich, oder wenigstens: Sarah, wir müssen reden. Ich sagte stattdessen nur: Sarah, und Sarah sagte: Ja, und dann musste ich schließlich noch etwas sagen, etwas, das mit der Lüge zumindest zu tun hatte, etwas, das ein *Fast* rechtfertigen könnte, und ich entschied mich in der Eile für: Hast du dich schon einmal gefragt, warum wir nie telefonieren? Sarah sah mich etwas erschrocken an, und ich merkte, dass sie wenig Lust hatte, jetzt, nachdem wir schon traurig geschaut hatten, jetzt, nachdem wir für den Abend fertig waren, alles hinter uns hatten, noch über etwas zu sprechen, schon gar nicht über etwas, das so klang, als ob es dabei ums Vertiefen ginge. Sie wartete ein paar Sekunden, ob ich ihr die Antwort nicht doch abnehmen würde, und als das nicht geschah, sagte sie: Du kannst ja mal anrufen. Ja, das mache ich, sagte ich, und dann gingen wir.

Wenn man etwas nur fast gesagt hat, redet man sich schnell ein, dass man es eigentlich wirklich gesagt hat, dass man es halt verschlüsselt gesagt hat, auf einer anderen, der Situation entsprechenden Ebene, und dass der andere schon gewusst haben wird, was es eigentlich hat heißen sollen. Man redet sich das ein, und vielleicht stimmt es sogar manchmal, doch das war unerheblich. Erheblich war, dass Sarah gesagt hatte, ich könne ja mal anrufen, und erheblich war, dass ich genau das nicht konnte.

Eine Lüge, die man oft genug wiederholt, wird dadurch nicht wahr, aber eine Lüge ist immer noch mehr als ein Nichts, und es werden Monate voller Gegenwart vergehen und man wird sich wieder immer mehr in Sicherheit glauben und nur manchmal, wenn am frühen Abend das Telefon klingelt zum Beispiel, hoffen, dass man sich darin täuscht.

Mitteilung *Veit hat angerufen* stand auf dem kleinen Zettel an meiner Zimmertür. Sonst nichts, keine Nachricht, keine Rückrufnummer, kein in Aussicht gestellter zweiter Versuch, nur dieser eine Satz, mit dem ich wenig anzufangen wusste. Ich kannte keinen Veit. Kein Veit gehörte zu meinen nahen oder fernen Bekannten. Niemand wusste von einem Veit. All das war leicht zu überprüfen, über all das bestand kein Zweifel. Ich konnte mir nicht vorstellen, was er von mir gewollt hatte. Das Ganze schien ihm nicht sehr wichtig zu sein, denn er rief nicht noch einmal an, und je länger er das nicht tat, desto mehr wurde mir zur Gewissheit, dass für mich das Ganze wichtig war, dass dieser Veit mein Leben verändern könnte, dass es jetzt vielleicht zu spät ist, dass er jetzt einen anderen anruft, einen, der da ist und sich nun keine Gedanken mehr zu machen braucht.

Ich mache mir Gedanken. Ich lauere neben dem Telefon. Ich laufe Menschen hinterher, die, wie ich zu hören glaube, vor dem Kino, im Zug, auf der Straße, etwas von einem Veit erzählen, jemanden mit diesem Namen rufen. Mir ist es kaum noch peinlich, sie anzusprechen. Mein Veit ist nie dabei, mein Veit war nie gemeint. Meistens habe ich mich einfach verhört, und der Anruf liegt mit jedem Tag weiter zurück, auch darüber besteht kein Zweifel. Langsam ist es an der Zeit, sich abzufinden. Ich weiß, dass diese Suche zwecklos ist. Ich weiß, dass ich ihn nie finden werde. Ich weiß auch, dass er sich nicht noch einmal melden wird. Ich muss mich auf ein Leben ohne Veit einstellen.

Kohlensäure Dass Hannes jetzt schläft, war zu erwarten. Mit dem Schlafen gab es auch vorher keine Probleme, dreizehn Stunden, vierzehn Stunden, fünfzehn Stunden, wenn möglich sogar mehr. Das Schlafen funktioniert, das Schlafen klappt ohne Hilfsmittel, fast traumlos und mit wenig Unterbrechungen. Über das Schlafen muss man sich keine Sorgen machen. Die Probleme gibt es mit dem Wachsein.

Als ich Hannes kennen lernte, war das anders. Da klopfte er noch, ohne sich dafür zu entschuldigen, nachts um drei, halb vier an meine Zimmertür, da klingelte um fünf noch das Telefon, bis ich den Hörer abnahm, da musste ich mir von Hannes Tiraden gegen das Schlafen anhören, waghalsige Theorien, wenn ich ihm gestand, mittags um elf noch im Bett zu liegen. Schlafen macht dumm, behauptete Hannes damals. Schlafen sei eine fast pervers unoriginelle Betätigung, ein physischer Affront, er hasse seinen Körper für solch ein Bedürfnis, langsam gewöhne er es ihm ab, bei unter fünf Stunden habe er ihn schon, vier seien das Ziel, jede Minute länger sei übertrieben. Wenn ich behauptete, gerne zu schlafen, sah er mich mitleidig an. Das höre er ständig, sagte er, aber da würde ich mich leider irren, es käme ja auch keiner auf die Idee, sich beim Autofahren auf das Tanken zu freuen.

Als ich ihn kennen lernte, trank Hannes ständig Fanta oder sonst eine Limonade, immer trug er eine Plastikflasche mit sich herum, spätestens am Abend war sie warm und kohlensäurefrei. Das schien ihm nichts auszumachen. Als ich Hannes kennen lernte, waren seine Hände stets beschäftigt, mit einem Stift vielleicht oder mit sich selbst, mit dem Deckel der Fanta-Flasche, dem Etikett, mit heruntergelaufenem Kerzenwachs, mit einer Zahnbürste, Hannes putzte sich häufig die Zähne, auch mitten am Tag, und redete dabei auf mich ein. Kleine Schaumfetzen sprangen ihm dann aus dem Mund und verendeten auf seiner Hose oder irgendwo zwischen ihm und mir auf dem Boden. Hannes' Hände trommelten auf dem Tisch, sie fuhren ihm durch die Haare, in den Nacken, spielten am Pulloverbündchen herum. Als ich ihn kennen lernte, war es auf Dauer anstrengend, mit Hannes seine Zeit zu verbringen. Nach einigen Stunden war ich erschöpft, wollte nichts mehr sagen, nirgendwo hingehen, in kein Geschäft, zu keinem Vortrag, in keinen Club, auf keinen Hügel und auch nicht in irgendein Museum der Kriminalgeschichte oder der Anatomie. Nicht einmal in sein Zimmer, in dem er mir Platten vorspielte, immer nur ein paar Sekunden lang, ein Solo, eine Zeile, ein Übergang. Ist das nicht unglaublich, fragte er dabei, und ich sagte: Ja, unglaublich.

Ich war erschöpft, und dennoch ging ich überallhin mit, weil mir meine Müdigkeit peinlich war. Ich versuchte, die Augen so aufzureißen, wie Hannes es tat. Ich versuchte, die Aufregung in seiner Stimme nachzuahmen. Ich übte sogar vor dem Spiegel, begeistert zu sein, mit Hannes hatte man keine Wahl. Alles, was nicht begeisterte, ließ er nicht gelten, das wurde nicht beachtet. Man musste begeistert sein, wenn es regnete. Man musste begeistert sein, wenn am Nachbartisch jemand etwas Seltsames sagte. Man musste begeistert sein, wenn man sich zufällig zeitgleich die Nase putzte. Das Begeistertsein wurde zu einer Art Wettstreit, wer länger konnte, wer lauter konnte, wem mehr Dinge auffielen, von denen man sich begeistern ließ. Und je unwichtiger die Anlässe wurden, desto mehr fiel auf, dass es sich nur um Anlässe handelte, und desto häufiger überschlug sich die Aufregung in Hannes' Stimme. Seine Begeisterung klang dann wie ein Schluckauf, und das ahmte ich nicht mehr nach. Ich gab auf, den Wettstreit hatte Hannes gewonnen.

Er machte alleine weiter, jubelte sogar, wenn sich gar keine Anlässe mehr finden ließen, wenn wir uns nur gegenüber saßen und auf die Begeisterung warteten. Ist es nicht großartig, sich zu langweilen, sagte Hannes dann strahlend. Langeweile sei die einzige Tätigkeit, bei der man Zeit richtig erfahre, ganz ohne Ablenkung. Man müsse sich viel mehr langweilen, viel häufiger und viel intensiver. Die Langeweile habe einen unverdient schlechten Ruf, das sei alles Propaganda, von der Leistungsgesellschaft wahrscheinlich, oder von der Hobbyindustrie.

Ungefähr zu diesem Zeitpunkt fiel mir zum ersten Mal auf, dass man Hannes' plombierte Backenzähne sehen konnte, wenn er lachte. Ungefähr zu diesem Zeitpunkt begann ich, zusammenzuzucken, wenn er wieder einmal wegen irgendwas in die Hände klatschte. Ab ungefähr diesem Zeitpunkt legte ich nachts den Hörer neben das Telefon.

Ungefähr zu diesem Zeitpunkt fingen auch die Dinge mit Hannes an, die ich an ihm bis dahin nicht oder nur schwach kannte, die Dinge, die mir Angst machten. Doch das war wohl lächerlich, verglichen mit der Angst, die Hannes vor ihnen gehabt haben muss. Mit Begeisterung hatte das alles wenig zu tun.

Das Schlafen hat dann ein paar Wochen später eingesetzt. Hannes ging früh nach Hause, immer häufiger als Erster, ein paar Haare an seinem Hinterkopf standen bis in den Nachmittag hinein ab. Hin und wieder kam er zu mir, fragte, ob er sich kurz hinlegen könne, zog die Schuhe aus, ging ins Bett und schlief, während ich neben ihm telefonierte, am Schreibtisch saß und fernsah. Ich beachtete ihn kaum, manchmal vergaß ich sogar, dass er da war, und erschrak, wenn er aufwachte, sich bedankte und wieder ging, wahrscheinlich in ein anderes Bett.

Dass Hannes jetzt schläft, ist also zu erwarten gewesen. Er müsse sich kurz hinlegen, hat er gesagt. Aber ich solle mich davon nicht stören lassen und bitte noch bleiben. Er sei gleich wieder munter. Auf dem Tisch steht noch die Flasche Fanta, die ich für ihn gekauft habe. Danke, hat er gesagt, als ich sie ihm gab, aber zurzeit bekomme ihm so etwas nicht.

Hannes ist zwei Monate weg gewesen. Umschulung hat er es am Telefon genannt, zweiter Bildungsweg, manchmal auch Wolkenkuckucksnest oder St. Quentin, manchmal auch einfach Ergo-Schuppen. Ich habe ihn nie dort besucht, und er hat mich nie darum gebeten. Wir haben ungefähr einmal pro Woche telefoniert. Hast du noch geschlafen, habe ich immer als Erstes gefragt, und Hannes sagte: Nein, ich klinge gerade immer so.

Vom Bett her hört man Hannes leise schnarchen. Er ist bis auf die Schuhe vollkommen bekleidet. Ich überlege kurz, ob ich ihn ausziehen und zudecken soll, doch ich befürchte, Hannes könne das als bemutternd empfinden, und bemuttert werden möchte er wahrscheinlich erst einmal nicht mehr. Möglichst leise öffne ich die Fanta, weil sie ihm wohl auch in den nächsten Tagen nicht bekommen wird, weil ich irgendetwas zu tun haben möchte. Es zischt, als ich den Deckel aufdrehe, die Fanta schäumt, ein wenig läuft über den Flaschenhals hinaus auf meine Hand.

Als Hannes mir gesagt hat, dass er heute entlassen werden soll, habe ich das als Andeutung verstanden, dass er nicht allein sein wolle. Fast zwei Stunden habe ich vor seiner Haustür gewartet, bis endlich das Taxi vorgefahren kam. Was machst du denn hier, fragte Hannes. Und als ich sagte, dass ich auf ihn warte, sagte er: Da sind wir ja schon zu zweit.

Ich habe noch nie alleine Fanta getrunken. Zum ersten Mal achte ich auf den Geschmack, spüre die Kohlensäure, die, kaum verschluckt, wieder nach oben dringt, bis in die Nase. Im Rachen klebt es, und mir wird etwas übel. Hannes dreht sich auf die Seite. Sein Mund steht offen, Speichel sammelt sich am Rand und zieht sich von dort aufs Kopfkissen. Ich spüle noch das Glas ab und stelle die Fanta in den Kühlschrank, bevor ich mich neben ihn lege.

Episode Eins Wenn L. zum Beispiel sagt: Ich habe eine Postkarte von Malte bekommen, und ich frage: Wer ist Malte, und L. sagt: Na, Julias Ex-Freund, und ich frage:

Und wer ist Julia, und mich L. dann wieder mit diesem Blick ansieht, die Augenbrauen hochzieht und seufzt, auch wenn man das nicht hört, und mir erzählt, was für ein schlechtes Gedächtnis ich hätte, natürlich würde ich Julia kennen, sie sei doch mal zu Besuch gekommen, vor drei Jahren oder so, die Große mit den Sommersprossen, die ein wenig so aussehe wie Kylie Minogue, nur halt in groß und mit Sommersprossen, und ich hätte das doch auch gefunden, und wir seien doch was trinken gegangen, alle zusammen, und sogar tanzen, und damals sei Julia doch noch mit Malte zusammen gewesen, aber schon nicht mehr so richtig, und davon hätten wir doch gesprochen, und ich hätte noch gesagt, dass Fernbeziehungen nie funktionierten, und sie, L., hätte widersprochen, und dann sei doch gerade in dem Moment zufällig Tina hereingekommen, und ich hätte gemeint: Siehste, bei Tina hat es doch auch nicht funktioniert, und dabei so triumphierend geschaut, wenigstens daran, sagt L., müsse ich mich doch erinnern.

Wenn L. all das sagt, dann traue ich mich gar nicht zu fragen, wer denn Tina sei, dann lächele ich L. an, und L. sagt, das könne doch wohl nicht sein, denn L. kennt dieses Lächeln, das Lächeln ist eine Abkürzung, eine Abkürzung für: L., es tut mir leid, ich bin mir ganz sicher, ich kenne diese Julia nicht, ich habe diesen Abend nicht mit euch verbracht, ich habe keine Ahnung, wovon du redest. Wenn ich so hilflos lächele, dann schaut mich L. mindestens genauso hilflos an, dann haben wir uns wieder in zwei kleinen Paralleluniversen eingerichtet, und gegen Paralleluniversen, auch gegen kleine, ist man machtlos.

L. und ich haben uns mittlerweile darauf geeinigt, dass wir in diesen Situationen beide Recht haben. Wir haben uns damit abgefunden, dass unsere Gedächtnisse nicht kompatibel sind, dass sie zwar beide gut funktionieren, aber auf unterschiedliche Weise, dass sie einander auszuschließen scheinen, das aber nur bei oberflächlicher Betrachtung, in Wahrheit, so sind wir übereingekommen, sind beide Gedächtnisse nicht nur fehlerfrei, sondern auch vollständig, sodass sowohl L.s Gedächtnis Recht hat, wenn es behauptet, ich würde Julia kennen, als auch meines, wenn es diese Julia nicht abrufen kann. Also habe ich Julia getroffen, obwohl ich sie nie getroffen habe. So ist das halt mit Paralleluniversen. Ist doch spannend, sagt L.

Natürlich ist das eine große Lüge, natürlich funktioniert es nicht so. Zwar lächeln wir nach dem hilflosen Lächeln noch ein paar Sekunden weniger hilflos weiter und beglückwünschen uns zu unseren guten Gedächtnissen, die einander so prima ergänzen und so lustige Paradoxa entstehen lassen, aber in Wahrheit haben wir nur beide Recht, weil es anstrengend ist zu streiten. Es ist ein Kompromiss, der niemanden beglückt, denn es macht nur Spaß, Recht zu haben, wenn der andere im Unrecht ist, sich auf ein gemeinsames Rechthaben zu einigen erinnert an Kindergeburtstage, wenn die Mutter, um Tränen zu vermeiden, fröhlich ausruft: Ihr habt alle gewonnen.

Das beidseitige Rechthaben ist ein Waffenstillstand, ein labiler Waffenstillstand voller Zugeständnisse, die man in Gebieten wie Julia zu machen gewillt ist, in wesentlichen Dingen aber nicht. Diese wesentlichen Dinge sind eigentlich nur ein wesentliches Ding, ein umkämpftes Grenzgebiet, an dem die Zugeständnisse aufhören, ein Territorium, das nur in das jeweils eigene Universum gehören soll. Und weil es uns so wesentlich erscheint, weil dieses Grenzgebiet schon so häufig umkämpft wurde, haben L. und ich ihm einen speziellen Namen, einen Codenamen gegeben, es heißt Episode Eins.

Normalerweise wird Episode Eins nicht betreten, das Thema wird nicht angesprochen, ist ein Niemandsland zwischen den Paralleluniversen. Es bedarf immer eines Dritten, um den Konflikt neu zu entfachen. Dieser Dritte ahnt meistens nicht, was er anrichtet. Er ist ein entfernter Bekannter, ein Freund von Freunden, ein Fremder, der sich aus irgendeinem Grund dazugesellt hatte, und dann spricht man ein wenig, und dann spricht man weniger, und dann spricht man gar nicht, und dann fragt der Dritte, um irgendwas zu fragen: Woher kennt ihr beide euch eigentlich, und dann ist es zu spät, dann ist es passiert, dann sind wir schon mitten in Episode Eins.

In den ersten Sekunden nach dieser Frage geschieht scheinbar gar nichts. Der Dritte bemerkt wahrscheinlich nicht einmal, wie L. und ich beide kurz den Atem anhalten, den Zuckerstreuer, den Aschenbecher oder einen Punkt auf der Tapete fixieren, wie wir unsere Hände anspannen, die Schultern erst hochziehen und dann wieder fallen lassen. Er merkt erst, dass etwas nicht stimmt, wenn die Sekunden nach der Frage zu vielen Sekunden werden, wenn L. sich eine Zigarette anzündet, wenn ich mir kurz in die Haut zwischen Daumen und Zeigefinger beiße, wenn wir einander nicht anblicken, um zu vermeiden, selbst angeblickt zu werden, durchschaut zu werden, denn in diesen Sekunden gilt es abzuwarten, gilt es einzuschätzen, was der andere macht, welche Strategie er anzuwenden gedenkt, um Episode Eins zu verteidigen.

L.s Repertoire besteht aus drei Strategien. Ich kenne sie mittlerweile alle gut, doch gerade wenn man etwas gut kennt, muss man besonders aufpassen. Manchmal überlässt L. mir den Vortritt, wartet meine Version unseres Kennenlernens ab, um mir dann, kurz vor dem Ziel, mit einem *Aber das war doch ganz anders* das Wort zu nehmen und es zu behalten, sodass ich auf meiner Version dann nur noch beharren kann, und beim Beharren macht man nie eine gute Figur. In anderen Fällen versucht sie, ihre Version als Erste anzubringen. Dann liegt es an mir zu widersprechen, was L. gespielt erstaunt zur Kenntnis nimmt, mir aufmerksam zuhört, dabei aber die Stirn mehr und mehr in Falten legt, langsam ein spöttisches Grinsen entstehen lässt, mit dem sie, sobald es ihr spöttisch genug scheint, sich zu dem Dritten wendet, ihn verschwörerisch anblickt und so auf ihre Seite zieht, und wenn ich mit dem Vortrag meiner Version fertig bin, dann sagt sie etwas wie *Aber nein, Kindchen, das hast du doch nur geträumt* oder *Und sie lebten glücklich und zufrieden bis an ihr Ende*, und dann lacht der Dritte, weil er ja längst aufs L.s Seite ist, und L. ändert schnell das Thema. Sie redet dann viel und vergnügt, und ich schweige viel und bin gar nicht vergnügt, und auf dem Heimweg fragt L. mich dann: Was ist denn los mit dir, und ich murmele irgendwas, in dem *unfair* und *hinterhältig* und *Genfer Konventionen* vorkommt, und L. tut so, als ob sie nichts verstehe, und sagt: Schlaf dich mal aus.

Gegen diese Strategie habe ich kaum eine Chance, doch sie gelingt L. nur an guten Tagen. An schlechten ist sie vorsichtiger, manchmal wählt sie sogar die dritte Strategie, die Remisstrategie. Dann kann ich mich zurücklehnen, denn in der Remisstrategie habe ich nicht viel zu tun. In der Remisstrategie schaut L. erst den Dritten, dann mich und dann wieder den Dritten an, erzählt ihm, dass ich bestimmt gleich wieder behaupten werde, es sei ganz anders gewesen, nämlich so, und dann erzählt sie ihm meine Version, und ich kann nur zuhören, und dann sagt sie, dass sie sich aber ganz genau erinnern könne, und dann folgt ihre Version, und dann sagt sie nichts mehr und ich auch nicht, weil L. ja meinen Text schon einfach mitgesprochen hat, und der Dritte sagt meistens auch nichts mehr und ist auf gar keiner Seite, glaubt an keine der Versionen, hält L. und mich wohl für ein wenig anstrengend, und der Abend ist recht schnell vorbei. Manchmal ist das angenehm, gewonnen ist damit aber nichts.

Episode Eins, die Erinnerung daran, wie L. und ich

uns kennen lernten, bleibt für den Dritten also im besten Fall unklar, meistens glaubt er aber L. oder tut wenigstens so, als ob er L. glauben würde. Ich kann es den Dritten nicht verübeln, denn L.s Version der Episode Eins ist eine Version, der man gerne glaubt, weil man will, dass sie wahr ist, obwohl doch gerade das äußerst misstrauisch machen sollte.

In L.s Version der Episode Eins war sie mit irgendwelchen Menschen, die für die Geschichte nicht wichtig sind, etwas essen, und dann war ihr angeblich kalt, und angeblich sah sie genau dann einen Pullover neben sich auf dem Boden liegen, der angeblich natürlich mir gehörte und vom Stuhl gerutscht war, denn in L.s Version der Episode Eins saß ich am Tisch neben ihr mit Menschen, die sie nicht kannte, die zum Glück für die Geschichte aber auch nicht wichtig sind. Auf jeden Fall hat sie den Pullover angeblich aufgehoben und angezogen, und dann hat sie weitergegessen und den Pullover völlig vergessen und war schon auf dem Weg nach Hause, als ihr das auffiel, und dann ist sie angeblich wieder zurückgegangen und hat mir alles erklärt, und weil es ihr so peinlich war, hat sie angeblich einen Nachtisch für mich bestellt, obwohl ich keinen wollte, aber L. hielt das nur für Höflichkeit, und dann ist ihr aufgefallen, dass sie gar kein Geld mehr hatte, aber da war der Nachtisch schon da, und essen wollte ich ihn ja angeblich auch nicht, also hat sie ihn gegessen, und ich habe ihn bezahlt, und weil sie dann dachte, dass sie es nicht mehr schlimmer machen könne, hat sie mich gefragt, ob ich ihr den Pullover ausleihen würde, weil ihr doch wirklich so kalt war, und ich habe angeblich nichts dagegen gehabt, und dann ist sie schnell gegangen, etwas zu schnell, weil sie zwar meinen Pullover, nicht aber meine Adresse hatte, um ihn mir zurückzugeben, und deshalb musste sie noch einmal zurück, aber ich war schon weg, hatte für sie jedoch beim Kellner angeblich meine Adresse hinterlassen. So etwas würde ich doch nie tun, wende ich dann ein. Hast du aber, sagt L., sie sei doch schließlich am nächsten Tag vorbeigekommen, das sei Beweis genug.

Diesen nächsten Tag gab es tatsächlich, und tatsächlich wollte mir L. dann meinen Pullover zurückgeben, doch das ist Episode Zwei, und über Episode Zwei besteht in unseren Erinnerungen beinah Einigkeit, und deshalb heißt sie auch nicht Episode Zwei, sie heißt gar nicht, weil über sie nicht gesprochen wird. Das wissen wir ja alles schon, sagt L.

Ich gebe zu, dass L.s Version der Episode Eins schöner ist als die Wahrheit. Und ich gebe zu, dass L.s Version der Episode Eins Elemente der Wahrheit enthält, doch die ganze Wahrheit sieht anders aus, die ganze Wahrheit ist so, wie Wahrheiten meistens sind, nämlich langweilig. In der ganzen Wahrheit saßen L. und ich nicht an benachbarten Tischen, in der ganzen Wahrheit wurden wir einfach einander vorgestellt, und wir saßen nebeneinander, zusammen mit dem Vorsteller und noch ein paar anderen, L. sagte stundenlang gar nichts, nur fast am Ende des Abends drehte sie sich zu mir um und fragte, ob sie sich meinen Pullover leihen könne, ihr sei kalt. Ich gab ihn ihr, sie zog ihn an und widmete sich dann wieder ihrem Schweigen, und irgendwann ging sie, mit meinem Pullover, aber ohne meine Adresse, doch die hatte der Vorsteller und der gab sie L.

L. hält diese Version, die wahre Version, für lächerlich. Ich werfe ihr dann vor, dass es ihr nur nicht passe, wie langweilig sie darin erscheint, und L. sagt, wenn überhaupt, dann nicht langweilig, sondern mysteriös, aber eigentlich keines von beiden, weil das schließlich alles nur ausgedacht sei.

Dieser Kampf um Episode Eins mit seinen Strategien und Gegenstrategien und Gegengegenstrategien ist zur Routine geworden. Ich kenne L.s Version mittlerweile so gut, dass sie mir fast ebenso vertraut ist wie meine eigene, und ich beneide L. ein wenig darum, sie erzählen zu dürfen. Einmal fragte ich sie, ob wir nicht für eine Zeit tauschen könnten, ich würde ihre erzählen und sie meine, nur um es interessanter zu gestalten, und L. schaute mich überrascht an und sagte, dass es doch schließlich nicht ums Interessantsein, sondern um die Wahrheit gehe, und ich lachte sie aus, sie könne doch ihre Version unmöglich für die Wahrheit halten, das sei doch absurd und leicht zu widerlegen, doch L. sagte, sie lasse sich von mir und meinen dahergelaufenen Wahrheitskriterien nicht ihre Erinnerung verderben. Ich weiß, dass es sinnlos ist, sie überzeugen zu wollen.

L. hat meinen Pullover übrigens immer noch. Sie wollte ihn mir zwar zurückgeben, in Episode Zwei und auch danach, doch sie hat es immer vergessen, andauernd kam etwas dazwischen oder sie nahm ihn am Ende wieder mit. Mittlerweile wird nicht mehr erwähnt, dass er eigentlich mir gehört. Vieles wird nicht mehr erwähnt, wenn man jemanden lange kennt, gut kennt, wenn man mit diesem Jemand eine Vergangenheit hat, oder sogar zwei.

Abzüge Das Schöne an Fotografien ist, dass sie flach sind. Selbst Dutzende von ihnen nehmen übereinander gestapelt wenig Raum ein, sie passen mühelos in die dafür vorgesehenen Umschläge, die Umschläge in Schuhkartons und die Schuhkartons ins Regal. Dort bleiben sie dann, die Fotografien, bis es ein heikler Tag ist, dort sind sie geschützt vor Feuchtigkeit und Sonnenlicht und Staub und auch vor Blicken, den Blicken anderer und den eigenen, denn, das ist ja kein Geheimnis, Fotografien, die man zu häufig anblickt, werden durchsichtig. Fotografien, die man zu häufig anblickt, werden nur noch Bestätigungen von etwas, das man ohnehin schon kennt, ohnehin schon so kennt, und auch nur noch so kennt, und man nickt kurz, wenn sie einem in die Hände fallen.

Von L. besitze ich nur ein einziges Foto, und auch L. ist darauf beinah durchsichtig, doch das liegt nicht daran, dass es zu häufig meinen Blicken ausgesetzt war. Das einzige Foto, das ich von L. besitze, ist streng genommen auch gar kein Foto von L., sondern ein Foto von mir. L. hat es aufgenommen, an einem späten Nachmittag vor etwas über einem Jahr. Ich lehne an der Fensterbank und halte eine sehr schwarze Pizza in die Kamera. L. und ich wollten sie essen, doch dann vergaßen wir sie im Ofen, weil etwas anderes, an das ich mich jetzt nicht mehr erinnern kann, wichtig wurde, und die Pizza fiel uns erst wieder ein, als sie schon nicht mehr genießbar war, als L. fand, dass sie jetzt aussehe, wie man sich die Erde nach einem Angriff von Außerirdischen vorstellt, falls sie nun doch eine Scheibe wäre. Und ich, der die Pizzawelt mit Hilfe eines Geschirrhandtuches vor mich hielt, wäre, so L., demnach ein trauriger Atlas, dem langsam klar werde, dass er sich nach einem anderen Job würde umsehen müssen. Das wollte sie unbedingt dokumentieren, und wohl unabsichtlich nur ist auch L. selbst auf dem Bild zu sehen. Eine Gestalt mit einem rechteckigen Gegenstand vor dem Gesicht spiegelt sich in der Fensterscheibe. Man muss wissen, dass es sich dabei nur um L. handeln kann, um sie darauf zu erkennen, doch ich weiß das, und deshalb erkenne ich sie, und deshalb ist das ein Foto von L., mein einziges.

Im Grunde ist es nicht schlimm, nur dieses eine Foto von L. zu besitzen, denn ich sehe sie häufig genug, um mir merken zu können, wie sie aussieht, und, das ist ja auch kein Geheimnis, wenn man sich, an einem heiklen Tag meistens, Fotos ansieht, dann fragt man sich leicht, was es mit diesem Fotografieren eigentlich auf sich habe, dann fällt einem auf, dass man meistens genau daneben fotografiert, stets ein wenig zu früh oder zu spät den Auslöser betätigt, dann wundert man sich, wie man immer wieder auf die Idee kommen kann, die Umschläge zu öffnen. Man sieht längere oder kürzere Haare, jüngere Gesichter und ältere Moden, Orte und Menschen, deren Namen man noch weiß. Martin heißen die, und meistens Andreas, mitunter Claudia und Anke und Sebastian, und sonst weiß man nicht mehr viel über sie. Und es ist seltsam, ein Bild von ihnen zu besitzen, beinah ein wenig anmaßend, und man denkt daran, dass man selbst auch in vielen Schuhkartons liegt, sogar in Schuhkartons von Menschen, deren Namen man nicht mehr weiß.

Das sind die Gedanken an heiklen Tagen. Man kennt sie mittlerweile fast auswendig, tut nur noch so, als ob man ihnen zuhören würde, und denkt in der Zwischenzeit über anderes nach, was an den heiklen Tagen keine gute Entscheidung ist, denn dieses andere muss, um die eigentlichen Gedanken zu übertönen, ein sehr lauter Gedanke sein, und sehr laute Gedanken helfen selten weiter. Was, wenn L. morgen stirbt, vielleicht schon heute stirbt, denkt man dann vielleicht sehr laut, Autounfall kommt da natürlich in Frage, auch Lebensmittelvergiftung, vielleicht sogar ein Herzinfarkt, ja, auch schon in jungen Jahren, es gibt Blitze und Schießereien zwischen rivalisierenden Banden, Blumentöpfe fallen von Balkons, Gasexplosionen, diese ganzen maroden Leitungen, ein Feuer, weil die Nachbarin ihre Zigaretten nicht richtig ausmachen kann, und dann die Gardinen und die Tapeten und schon brennt das ganze Haus, geläufig beinah das Ausrutschen in der Dusche, der Badewanne, das Stück Seife, das heruntergefallen ist, man kann an einem trockenen Brötchen ersticken oder an einer Gräte, an einem zu gierig verschlungenen Kartoffelchip, dessen scharfe Kanten einem die Speiseröhre aufschlitzen. Es gibt Amokläufer, es gibt Milzbrand, die seltene Tropenkrankheit, von einem Bekannten aus dem Sambiaurlaub mitgebracht, eine Treppenstufe wird leicht übersehen, und man stürzt unglücklich, einer von zehntausend Fällen, warum nicht, Kampfhunde tragen immer seltener Maulkörbe, ein Blindgänger aus dem Zweiten Weltkrieg, Routine, denkt man, nur nachlässig evakuiert, der Bombenspezialist hat einen schlechten Tag, die Frau ist in der Nacht zuvor zu ihrer Schwester gezogen, in der Wohnung noch die Tellerscherben, er überlegt, ob er sie anrufen soll, ist eine Sekunde nicht bei der Sache, und schon braucht es keinen Scheidungsanwalt mehr.

Man muss an heiklen Tagen aufpassen, sonst erscheint es plötzlich äußerst unwahrscheinlich, dass L. den Nachmittag überlebt. Natürlich könnte man sich auch im Nachhinein noch irgendein Foto besorgen, versucht man den sehr lauten Gedanken zu besänftigen, aber das lässt er nicht gelten. Irgendein Foto bringe gar nichts, es müsse ein gemeinsames Foto sein, eines, das man selbst aufgenommen habe, eines, auf dem man noch mehr sehe als das, was ins Objektiv passt.

Ich will ein Foto von dir machen, sagte ich zu L., und L. sagte: Wenn es sein muss, und ich sagte: Es muss sein. Warum es sein musste, sagte ich ihr lieber nicht, weil L. mir dann bestimmt vorgeworfen hätte, dass ich ihr den Tod an den Hals wünsche, dass ich es anscheinend gar nicht mehr abwarten könne, sie zu einem tragischen Ereignis in meinem Leben zu machen, sie hätte sich natürlich geweigert, unter diesen Umständen fotografiert zu werden, weil es dann ein untrügliches Zeichen dafür gewesen sei, dass sie morgen tatsächlich sterben würde, vielleicht schon heute, und ihre letzten Stunden wolle sie bestimmt nicht mit Posieren für irgendwelche äußerst zweifelhaften Aufnahmen verbringen, da könne sie sich weiß Gott Schöneres vorstellen, und überhaupt, warum sie, genauso gut könne doch ich morgen sterben, vielleicht schon heute, eigentlich sei das doch viel wahrscheinlicher, weil sie jetzt gewarnt sei und Acht gebe und ich mich zu sehr in Sicherheit wähnte, und ich solle mal lieber auf mich selbst aufpassen, etwas bleich würde ich ja schon aussehen, ins Grüngelbliche gehend sogar, und dann hätte ich lange auf sie einreden müssen, und selbst wenn es mir gelungen wäre, sie zu überzeugen, wäre es sicher schon dunkel gewesen und aus dem Foto nichts geworden. Also sagte ich nur, es müsse sein, und L. fragte nicht nach, weil L. solche Antworten akzeptiert, sie zog sich einen Mantel an, und wir gingen los.

Los ist aber leider keine Richtung, das merkte L. noch vor mir, fragte, wo ich denn das Foto machen wolle, und das hatte ich in der Lautstärke der Gedanken vergessen, mir zu überlegen. Vielleicht auf einer Brücke, sagte ich, weil mir das als Erstes einfiel. Warum denn auf einer Brücke, fragte L., und ich sagte: Oder vor einem Café.

Es wurde schließlich eine Bushaltestelle. L. saß auf der Bank, ich stand davor, drückte schnell vierundzwanzigmal den Auslöser, L. rührte sich dabei nicht, dann sagte ich: Das war's, und L. stand wieder auf. Ich fragte, ob wir noch etwas gemeinsam trinken wollten, aber sie sagte, dass sie noch zu tun habe, und so verabschiedeten wir uns, und ich kam mir albern vor, was bedeutete, dass der heikle Tag anscheinend vorbei war.

Ich habe den Film immer noch nicht entwickelt. Er liegt weiterhin als Möglichkeit auf meinem Schreibtisch. L. fragte vor ein paar Tagen, als wir an der Bushaltestelle vorbeiliefen, wie die Fotos denn geworden seien. Schön, sagte ich. L. schaute mich zweifelnd an. Das könne ja wohl nicht stimmen, schlecht gelaunt wie sie damals gewesen sei. Vielleicht kann man ja bald mal neue machen, schlug sie vor. Das wollen wir hoffen, sagte ich.

Was gesagt wird Ein Abend, der mit dem Satz *Ich muss gleich wieder los* begonnen hat, verspricht kein guter Abend zu werden. Ein Abend sollte mit *Hallo, geht's dir gut* beginnen, oder mit *Schön, dich zu sehen* oder meinetwegen mit *Entschuldige die Verspätung*. Ein Abend, der mit *Ich muss gleich wieder los* begonnen hat, hätte sich das Beginnen eigentlich sparen können, weil er ja schon fast zu Ende ist, weil es nur noch die kurze Zeit bis zum Gleich gibt, ein paar Minuten, eine halbe Stunde, und in ein paar Minuten, einer halben Stunde ereignet sich nichts, beginnt nichts, was eine Fortsetzung verdient hätte.

Das dachte ich an diesem Abend, als L. wie verabredet zur Tür hereinkam, sich hinsetzte, ohne die Jacke auszuziehen, sich einen Apfel aus der Obstschale nahm, aber nicht hineinbiss, sondern ihn nur in der Hand hielt, *Ich muss gleich wieder los* sagte, sich eine Zigarette in den Mund steckte und den Apfel vor sich auf den Tisch legte. Das dachte ich auch noch, als ich mich zu ihr setzte, ihr den Aschenbecher zuschob, als ich sie anblickte und mit *Ach so* antwortete.

Ich dachte das nicht mehr, als L. sagte, und dabei legte sie die unangezündete Zigarette aus der Hand und griff stattdessen wieder zum Apfel: Ich fahre nämlich nach München. Da dachte ich nicht mehr über Beginnen und Beenden von Abenden nach, da dachte ich: Wieso nach München, und deshalb sagte ich auch: Wieso nach München, und L. sagte: Weil meine Kusine da gerade heiratet. Und erst habe sie nicht hin gewollt, und jetzt doch, aber nicht alleine, und deshalb käme ich mit. Ich sagte wieder: Ach so, und L. fügte schnell hinzu: Natürlich nur, wenn du willst. Und ja, sie wisse, dass es spät sei, man müsse sich jetzt halt beeilen, und Hochzeiten seien schließlich nicht um Mitternacht vorbei. Wahrscheinlich nicht, sagte ich zögernd, und L. sagte: Gut, dann kann es ja losgehen, und ich sagte: Augenblick mal.

Ich kannte L.s Kusine nicht, L. hatte, so glaube ich, noch nie von ihr erzählt, ich war nicht eingeladen zu dieser Hochzeit, ich hatte nichts Hochzeitiges zum Anziehen, ich hatte überhaupt nichts gepackt, ich musste noch ein paar Dinge regeln. Und L. sagte: Dann regle mal, und dann fiel mir auf, dass ich gar nichts zum Regeln hatte, und wenn einem das auffällt, dann empfiehlt es sich ohnehin wegzufahren. Also holte ich eine Tasche und L. diktierte, abwechselnd rauchend und apfelessend, was eingepackt gehörte. Wir haben übrigens ein Auto, sagte sie, und ich fahre. Gut, sagte ich. Und dann fuhren wir.

Wir hielten an der ersten Tankstelle, noch in der Stadt, und ich kaufte Kekse, und L. kaufte Cola, und dann standen wir vor dem Tankstellenshop an einer Deutschlandkarte, L. fuhr mit dem Finger die Strecke von Berlin nach München ab. Ist doch gar nicht so weit, sagte sie. Und ich fragte: Kennst du den Bräutigam eigentlich, und L. sagte: Fast, und das hieß wohl: Nein.

Es wurde langsam dunkel, die Autobahn war leer. Vor Bitterfeld hatten wir schon fast alle Kekse aufgegessen, und ich hatte alles gehört, was L. über die Kusine wusste, was nicht viel und noch viel weniger Gutes war. Bei Leipzig war die Cola alle, und wir redeten über die Hochzeiten, auf denen wir schon gewesen waren, bei Jena über Hochzeiten im Allgemeinen, und als wir dann bei Bayreuth über Beerdigungen redeten, beschlossen wir, eine Pause zu machen.

Ich mag Autobahnraststätten. Vor allem nachts, wenn man glaubt, man würde stören, wenn dort ein Fernseher ohne Ton läuft, wenn man im Radio jedes Lied kennt und leise mitsingt. Dazu der teure Kaffee und die Müdigkeit, und dann schaut man sich an und sagt: Wollen wir mal, und dann geht man noch schnell aufs Klo, und dann ist man wieder unterwegs.

Erst im Auto fiel mir auf, dass ich zum ersten Mal mit L. in einer Autobahnraststätte gesessen hatte, und erst im Auto fiel mir auf, dass wir tatsächlich gerade nach München fuhren, obwohl wir andere Pläne für den Abend gehabt hatten, und erst dann fiel mir auf, dass wir uns erschreckend gut verstanden, so gut wie schon lange nicht mehr, und dann sagte L. wieder einen Satz, sie sagte: Vielleicht hätte ich doch lieber allein fahren sollen, und ich sagte daraufhin erst nichts und dann etwas Undeutliches.

Dass L. vieles sagt, weiß ich, auch dass sie vieles nur so dahinsagt, und man soll ja auch nicht immer nach dem urteilen, was gesagt wird, weil das mit den Worten so eine Sache ist, und mit L.s Worten ist es eine ganz besondere Sache. Und dennoch kann das mit den Worten, kann ein Satz aus diesen Worten immer alles verkehren. Jetzt zum Beispiel gute Laune in gar keine Laune, weil ein verkehrender Satz für einige Zeit alle Launen vertreibt, weil ein verkehrender Satz lange nachhallt und laut nachhallt. Ich hatte Erfahrung mit diesen Sätzen. L. ist süchtig nach ihnen, so wie sie süchtig nach Zigaretten ist, wie sie süchtig danach ist, sich gleich nach dem Aufwachen den Kopf zu kratzen, bis es manchmal blutet, so süchtig ist sie auch danach, in Momenten, in denen einem auffällt, dass man gerade einen guten Moment erlebt, diesen Moment zu beenden, mit einem Satz, mit einem Blick, mit einer plötzlichen Körperdrehung, und ich kann nur ahnen, warum sie das tut.

Vielleicht weil sie weiß, dass der gute Moment irgendwann zu einem nicht mehr so guten Moment wird, und wenn er das ohnehin von sich aus tut, dann kann man es auch selber machen, dann hat man es immerhin noch in der Hand. Oder, und das ist vielleicht wahrscheinlicher, sie denkt, dass jeder Mensch im Leben soundsoviel gute Sekunden hat, sagen wir mal hunderttausend, und einen guten Moment erkennt man ja schon sehr schnell, und sobald man es gemerkt hat, sollte man schleunigst mit dem guten Moment aufhören, sonst verschwendet man wertvolle Sekunden, die man später im Leben vielleicht noch benötigen könnte.

All das kann vielleicht L.s Sucht nach verkehrenden Sätzen erklären, all das ändert aber nichts an ihnen, nichts an ihrem Nachhall, nichts daran, dass ich, als der Nachhall allmählich leiser wurde, beschloss, wütend zu werden.

Mit L. muss man solche Zustände immer beschließen, weil es sonst nur ein großes Durcheinander gibt. Wenn man nichts beschließen würde, sondern immer nur den Zuständen nachginge, die L. einem vorgibt, dann würden diese Zustände viel zu schnell wechseln, so schnell, dass man kaum noch von Zuständen reden könnte, man würde kaum mehr in der Lage sein, diese Zustände einzuordnen, man müsste sich so anstrengen, sich auf die ständig wechselnden Zustände einzustellen, dass man überhaupt nicht mehr dazu käme, das zu empfinden, was sie zu diesen Zuständen macht, und irgendwann würde man sich gar nicht mehr bemühen, sich auf sie einzustellen, und schon gar nicht, sie zu empfinden, und dann würde man nichts mehr fühlen, weil man müde ist, weil es einfach zu sehr erschöpft, immer einem neuen Zustand hinterherzurennen, und damit das nicht passiert, beschließe ich, wütend zu sein, beschließe ich, gerührt zu sein, beschließe ich, euphorisch zu sein und auch manchmal gelangweilt. Jetzt also wütend, und deshalb schaute ich L. wütend an, und L. schaute verwundert zurück, weil sie ihren Satz wahrscheinlich schon vergessen hatte, und ich schaute noch wütender und sagte, dass es jetzt wohl ein wenig spät sei, so etwas zu denken, ich hätte schließlich gar nicht mit gewollt, sie habe mir ja kaum eine Wahl gelassen, und Lust hätte ich jetzt natürlich noch weniger, und sie müsse sich schon überlegen, was sie wolle, und ich sagte etwas von Hampelmann, den ich nicht zu spielen bereit sei, und ich sagte etwas von Egoismus, den sie unter Beweis stelle, und ich sagte etwas von Anstand und etwas von Respekt und auch etwas von Verhaltensregeln, und L. unterbrach mich nicht, dabei hatte ich das erwartet und mir deshalb auch keinen Schluss überlegt. Und deshalb beschloss ich noch beim Reden, von Wütendsein zu Beleidigtsein zu wechseln, weil Beleidigtsein einfacher ist, beim Beleidigtsein schaut man einfach aus dem Fenster, und deshalb sagte ich nichts mehr, wechselte den Zustand und drehte mich nach rechts.

Bist du fertig, fragte L., und ich sagte: Ja, so ziemlich, und L. sagte: Gut, und ich sagte, dass ich unter gut etwas anderes verstünde, und L. sagte das, was sie selten sagt, und obwohl sie es selten sagt, sagt sie es gekonnt, sagt sie es deutlich, sagt sie es so, dass man wenig darauf erwidern kann, was L. wahrscheinlich weiß, weil sie nie mehr sagt als das, sie sagte: Entschuldigung. Und natürlich sagte sie es wieder gekonnt, und ich wusste nichts darauf zu erwidern, und L. sagte auch nicht mehr als das, und ein blaues Schild teilte uns mit, dass München nicht mehr weit sei, und das hieß, dass nur wenig Zeit blieb, um bis zur Ankunft noch von gar keiner Laune zu irgendeiner Laune zu gelangen.

Die Laune, zu der wir gelangten, war Aufregung. Jetzt musste man mit Stadtplänen hantieren, um nach der richtigen Ausfahrt zu suchen, und man musste jetzt die Informationen einholen, die vonnöten waren, ob denn L.s Eltern auch kämen, ob wir denn um diese Uhrzeit überhaupt noch willkommen seien, wo wir uns umziehen sollten, ob sie ein Geschenk habe, ob wir einen Walzer tanzen würden, ob L. wisse, wo wir schlafen könnten, ob wir überhaupt schlafen wollten, ob wohl vom Buffet noch etwas übrig sei, wann wir wieder zurückfahren würden, ob L. mal auf irgendeine dieser Fragen etwas antworten wolle.

Zu den Antworten kamen wir aber nicht, die Ausfahrt lag vor uns, ich hantierte mit dem Stadtplan, wir entzifferten Straßenschilder, fragten nächtliche Passanten und dann waren wir am Ziel. Das Ziel war, wie sich herausstellte, ein Gemeindesaal, was L. erzürnte, da sei man schon Tausende von Kilometern gefahren, dann könne es doch wenigstens ein Schloss sein. Das sei ja wohl nicht zu viel verlangt. Ich gab ihr Recht, und wir zogen uns um, was im Auto nicht gelang, also stellten wir uns an eine Häuserwand. Ich gab L. Deckung mit meiner Anzugjacke, sie gab mir Deckung mit dem Stadtplan, dann zupfte sie noch an meiner Krawatte herum, sagte: Benimm dich, und ich sagte: Viel Glück, und ohne es zu beschließen, waren wir wieder zu einer guten Laune gelangt. Wir gaben uns die Hand.

Durchs Fenster konnte man in den Festsaal schauen. Es waren noch etwa zwanzig Gäste da, ein paar tanzten, der Rest saß in kleinen Gruppen an Tischen und sah den Tanzenden zu. An einer quer durch den Raum gespannten Wäscheleine hing Babykleidung. Die Hochzeitsgeschenke lagen gesammelt auf einem geschmückten Tisch, ich konnte mehrere Espressomaschinen erkennen. Deshalb hätte ich lieber allein fahren sollen, sagte L. Die Frau im auffälligen Kleid musste die Braut sein, sie sah gelangweilt aus. L. schaute mich an. Wollen wir wirklich, fragte sie. Ich zuckte mit den Schultern, L. nahm meinen Arm. Komm, sagte sie, lass uns verschwinden.

Wir kannten uns nicht aus in München, die Straßen waren längst leer in dieser Gegend, und das Geräusch von L.s Schuhen klang von den Häuserwänden wider. Nur ein Imbiss hatte noch geöffnet. Wir setzten uns, bestellten Kaffee und Pommes frites, der Spielautomat war lauter als die Musik. Ich nahm meine Krawatte ab. Ein guter Abend, sagte L., und ich konnte nicht ausmachen, ob sie das ernst meinte. Sie summte die Melodie des Spielautomaten mit, band sich meine Krawatte um und roch an den Plastikblumen auf dem Tisch. Oder? fragte sie. Ich nickte.

Stiche Wenn ich mich nicht verzählt habe, hat L. drei Narben. Eine auf dem Bauch, die von einer Blinddarmoperation stammt, eine auf dem linken Unterschenkel, die von einem lange zurückliegenden Schlittenunfall stammt, und eine auf der Stirn, die von mir stammt. Die dritte ist die kleinste von allen, wäre ich nicht für sie verantwortlich, fiele sie mir wahrscheinlich gar nicht auf, doch ich bin für sie verantwortlich, und deshalb ist sie nicht zu übersehen. Deshalb wandert mein Blick, wenn ich mich mit L. unterhalte, früher oder später von L.s Mund oder Augen zu ihrer Stirn, und L. bemerkt das natürlich, unterbricht ihren Satz, atmet hörbar ein, und fragt, ob sie uns beide vielleicht lieber allein lassen solle, und ich sage: Nein, das sei nicht nötig, schaue wieder auf Mund oder Augen und versuche den Blick, zumindest für ein paar Minuten, dort zu halten.

Die Narbe auf L.s Stirn ist vielleicht einen halben Zentimeter lang, sie erstreckt sich von der rechten Augenbraue schräg bis zum Ende der Falte, die sich senkrecht über L.s Nase bildet, wenn sie gelangweilt ist. Mit drei Stichen musste die Wunde damals genäht werden. L. hatte Unrecht, als sie auf dem Weg zum Krankenhaus meinte, dass mindestens zehn Stiche notwendig sein würden, sie hatte auch Unrecht, als sie mir im Wartezimmer den vollgesogenen Wattebausch entgegenhielt und sagte: Ich verblute. Du verblutest nicht, versicherte ich ihr, und L. fragte, seit wann ich denn bitte etwas von Medizin verstünde, und ich solle mit solchen gewagten Urteilen mal lieber etwas vorsichtiger sein. Als wir das Krankenhaus schließlich wieder verließen, als die Wunde genäht war, als L. sagte, dass es zumindest drei sehr große und sehr tiefe Stiche gewesen seien, mit einem besonders dicken Faden, fragte ich sie, ob wohl eine Narbe zurückbleiben würde. Das hättest du wohl gern, sagte L., aber sie müsse mich enttäuschen, bald, so habe man ihr gesagt, werde man nichts mehr davon sehen.

Bald ist jetzt schon vorbei, und ich kann noch immer etwas sehen. L. behauptet, ich sei der Einzige, der das noch könne, L. behauptet, ich würde mir das einbilden, und zwar, behauptet L., weil ich so stolz auf diese Narbe sei. Ich bin doch nicht stolz auf eine Narbe, sage ich, aber L. lächelt nur. Das könne ich ihr nicht erzählen, ich würde ja schon beinah väterlich auf ihre Stirn schauen.

Ich bin tatsächlich nicht stolz auf die Narbe, ich schäme mich dafür, ich finde es unangenehm, mich in dieser Weise zu hinterlassen. Ich will, glaube ich, lieber nicht, dass etwas von mir stammt. Streng genommen stammt die Narbe auch gar nicht von mir. Streng genommen stammt sie natürlich von einer Wunde, und die Wunde stammte von etwas, das ich nicht sehen konnte, von etwas, das ich streng genommen aber hätte sehen sollen.

L. und ich hatten den Nachtbus verpasst, und keiner von uns wollte auf den nächsten warten, also gingen wir zu Fuß, und an jeder erreichten Haltestelle musste abwechselnd einer von uns ein Thema vorschlagen, das bis zur nächsten Haltestelle ausreichte, und an einer ihrer Haltestellen fragte L., ob ich lieber stumm oder blind sein würde, und ich sagte, lieber stumm, und L. meinte, das sei leider die falsche Antwort, und dann stritten wir ein wenig darüber, und dann schlug ich vor, dass L. eine Weile mit geschlossenen Augen laufen solle, ich würde schon aufpassen, und L. machte die Augen zu, und ich passte auf, obwohl das gar nicht nötig schien, denn L. lief überraschend sicher und schnell, so sicher und schnell, dass ich vermutete, L. habe die Augen gar nicht richtig geschlossen, und ich überprüfte, ob es überhaupt möglich wäre, mit geschlossenen Augen so sicher und schnell zu laufen, und dann hörte ich ein Geräusch, machte die Augen wieder auf, und dann war da plötzlich Blut und eine Platzwunde und L., die mich erst verwundert und dann entsetzt ansah.

Ich hatte erwartet, dass L. mich nach diesem Abend noch häufig entsetzt anblicken würde, dass sie jede sich bietende Gelegenheit nutzen würde, um mir zu sagen, dass es jetzt ja wohl erwiesen sei, dass sie es immer schon gewusst habe, man könne mir einfach nicht trauen, sie sei viel zu leichtgläubig gewesen, und ich hätte ihre Leichtgläubigkeit schamlos ausgenutzt. All diese Sätze hatte ich erwartet, auf all diese Sätze hatte ich mich vorbereitet, doch L. sagte keinen einzigen von ihnen, sie erwähnte den Abend überhaupt nicht mehr, und das erleichterte mich anfangs und dann fand ich es beunruhigend. Nach ein paar Tagen wollte ich die Sätze hinter mich bringen und machte Andeutungen, gab L. Stichworte, die sie nur aufzugreifen gehabt hätte, doch sie griff nichts auf, obwohl meine Andeutungen immer offensichtlicher wurden und die Stichworte immer willkürlicher, und irgendwann fragte L., was denn los mit mir sei, und ich sagte, nichts sei los, und L. sagte, dann müsse ich ja auch nicht so seltsame Sachen sagen, und ich fragte, was denn für Sachen, und L.

zuckte mit den Schultern, Sachen halt, und du schaust dann auch immer so erwartungsvoll. Ich weiß nicht, wovon du redest, sagte ich, und dann sprachen wir wieder über etwas anderes, und ich bemühte mich, dabei alle Stichwörter zu vermeiden, ich prüfte jeden Satz, ob er vielleicht als Andeutung zu verstehen sein könnte, und da sehr vieles als Andeutung zu verstehen sein kann, sagte ich vorsichtshalber so wenig wie möglich, und nach einer Zeit, nach ein paar langen Sätzen von L. und ein paar sehr kurzen Sätzen von mir, sagte L., das sei ja nicht auszuhalten, und ich fragte: Was denn, und L. sagte, das wüsste sie auch gerne, aber sie habe jetzt genug davon, und dann sagten wir nichts mehr, L. rauchte, und ich ordnete ein paar Gegenstände auf dem Tisch. Hin und wieder blickte ich vorsichtig zu ihr hinüber, sie bemerkte das wahrscheinlich, blickte aber nicht zurück. Ich weiß nicht, wie lange wir schwiegen, da verschätzt man sich schnell, es war auf jeden Fall lange genug, um meinen Blick noch mehrere Male auf L.s Stirn zu lenken und anschließend sofort wieder wegzublicken, um mich zu fragen, ob ich wegblickte, weil mir der Anblick unangenehm war oder weil ich dachte, dass er L. unangenehm sei, um mich zu fragen, ob es nicht viel zu andeutungsvoll sei, nicht auf L.s Stirn zu blicken, um mich zu fragen, wo ich denn sonst eigentlich immer hingeschaut hatte. Es war allerdings nicht lange genug, um auf all das eine Antwort zu finden, denn irgendwann drückte L. plötzlich die Zigarette aus und sah mich an, nicht auf die Stirn, nicht in die Augen, nicht auf den Mund, sondern knapp daneben, dann stand sie auf, ging zum Schreibtisch, kam mit einem Filzschreiber zurück und stellte sich vor mich hin. Schön stillhalten, sagte sie, hielt mit einer Hand mein Kinn fest, mit der anderen zog sie einen langen Strich von meinem Mundwinkel bis zum rechten Ohr, dann kreuzte sie den langen Strich mit vier oder fünf kleineren Strichen, trat einen Schritt zurück, nickte zweimal, setzte sich wieder und zündete sich eine neue Zigarette an. So, sagte sie.

Nicht schießen Etwas, das nicht weitergeht, macht sich verdächtig. Etwas, das nicht weitergeht, muss sich rechtfertigen, es wird ständig Fragen ausgesetzt, ständig den gleichen Fragen, auch Fangfragen mitunter, Verhöre der übelsten Sorte sind das, mit grellem Lampenlicht im Gesicht, mit einer Schallplatte, die wieder und wieder gespielt wird, mit einer pausenlos hämmernden Schreibmaschine im Hintergrund. Man setzt sich dem, das nicht weitergeht, gegenüber, zieht das Jackett aus, man lockert die Krawatte, nimmt einen Schluck Kaffee aus der Styroportasse und sagt, überlegen und fast gelangweilt: Ich habe alle Zeit der Welt.

Allerdings kann man etwas, das nicht weitergeht, mit

Zeit nur schwerlich drohen. Etwas, das nicht weitergeht, lässt man deshalb beschatten, Tag und Nacht, und es merkt natürlich, dass es beschattet wird, es wird dann, verständlicherweise, nervös, verhält sich noch auffälliger, unüberlegt, es schaut sich ständig um, atemlos, wechselt die Richtungen, nimmt Abkürzungen, versteckt sich in Seitenstraßen, es klettert über Zäune, springt von Dach zu Dach, steigt Feuerleitern hinab, bis es dann irgendwann, in einer Sackgasse voller überquellender Mülleimer am besten, gestellt wird und sich ergibt. Nicht schießen, sagt es dann vielleicht. Vielleicht hebt es nur resigniert die Hände.

Ob es wirklich schuldig ist, lässt sich zu diesem Zeitpunkt nur noch schwer herausfinden. Es gesteht bereitwillig alles. Es weiß, dass es kaum zu einem gerechten Verfahren kommen wird, das Urteil ist längst gefällt.

Etwas, das nicht weitergeht, sollte dann, um nicht noch mehr aufzuhalten, zumindest zu Ende gehen, aber weil zu Ende auch ein Weiter ist, muss man es zu Ende bringen, nicht einmal das kann es alleine, und etwas zu Ende bringen ist mühsam, weshalb man lieber schnell beschließt, dass etwas, das nicht weitergeht, eigentlich schon zu Ende ist, man beschließt, dass es nirgendwo mehr hingehen wird, dass man jetzt beim besten Willen nichts mehr ausrichten kann. Man beschließt auch, dass dieses Ende schon lange absehbar war, dass es genug Anzeichen gab, Hinweise, die man jetzt erst deuten kann. Man beschließt sogar, schon ein wenig mit der Nostalgie zu beginnen.

Etwas, dessen Ende so beschlossen wurde, hört davon aber nicht auf, was alles kompliziert macht. Es wird lediglich zu einem anderen Etwas, und das erste Etwas wird zu einem Das. Das mit L. ist zu Ende, kann man sagen, aber dann muss man hoffen, dass niemand fragt, was denn bitteschön das mit L., das jetzt zu Ende ist, gewesen sei, und dann zucke ich die Schultern, und das mit L. bleibt etwas mit L., auch jetzt, da es zu Ende ist, weil es wenig gibt, das man in einen Schuhkarton zum Beispiel, eine Schublade, ein Album legen könnte, weil es kaum Daten gibt, keine zwingenden Indizien, keine verwertbaren Fingerabdrücke, weil man nichts nachweisen kann.

Das mit L. ist zu Ende, kann ich sagen, aber lieber nicht so laut, weil ich L. gegenübersitze, weil L. sich ungefragt eine meiner Zigaretten genommen hat, weil L. mir von einem Film erzählt, den sie gar nicht gesehen hat, weil L. ja dort sitzt, und wenn ich meinen Arm ausstreckte, dann könnte ich sie berühren, und sie würde wohl nicht einmal aufblicken oder mich fragend anschauen, denn auch wenn das mit L. zu Ende ist, dann ist doch L. noch da, unübersehbar noch da, dann sitze ich doch jetzt mit L. in L.s Küche, die ja auch noch L.s Küche ist, was auch sonst, dann ist es doch L., die mich jetzt fragt, warum ich so ernst dreinblicke.

Ich blicke nicht ernst drein, sage ich zu L., die noch L. ist und die sagt, dass sie ja wohl besser sehen könne, wie ich dreinblicke, und ich sage, dass sie das Dreinblicken aber falsch interpretiere, und L. sagt, dass es doch gar keine falschen Interpretationen gebe, das wisse heutzutage nun wirklich jedes Kind, und ich gebe auf und seufze, und all das kommt mir bekannt vor.

Das mit L. ist also zu Ende, kann ich sagen, und weil L. mir aber noch gegenübersitzt, muss es jetzt etwas anderes mit L. geben, etwas, das schon begonnen hat, das sogar schon mittendrin ist und mit dem ich mich trotzdem nicht auskenne, etwas, das es erst zu bestimmen gilt. Es gilt zu bestimmen, welche Antworten wir uns geben, es gilt zu bestimmen, wie groß der Abstand zwischen unseren Beinen unterm Tisch sein muss, die Länge der Verabschiedung gilt es zu bestimmen, und auch, ob man dann *Bis bald* sagt oder lieber nicht, weil es vielleicht zu sehr nach einer Frage klingt.

Was es denn jetzt mit dem Ernstdreinblicken auf sich habe, fragt L., die auch allein deswegen noch L. ist, weil sie mich dabei übertrieben besorgt anblickt und sich einen imaginären Bart glatt streicht. Ich denke halt nach, sage ich, und L. fragt: Worüber denn, und ich sage: Über etwas.

Ach darüber, sagt L., da wolle sie lieber nicht stören, bei so einem heiklen Thema, da solle ich mir ruhig Zeit lassen, keine Frage, ob ich beim Nachdenken was trinken wolle, sie habe Bier, Kaffee, Leitungswasser und Wein. Wein, sage ich, und L. sagt, das könne sie nicht so einfach auf Kommando, und ich seufze ein zweites Mal, etwas lauter sogar, während L. bemüht schluchzend zwei Gläser füllt.

Etwas, das nicht weitergeht, macht sich verdächtig, wenn es so tut, als ob es sich nur kurz ausruhen wolle, als ob es jederzeit weitergehen könne, als ob es sogar ganz kurz davor sei. Das glaubt man ihm eine Zeit lang, wartet geduldig ab, und irgendwann ermahnt man es, und irgendwann ermahnt man es noch einmal, nachdrücklicher, und die ersten Zweifel kommen auf, und dann erst fangen die Verhöre an.

Das mit L. ist also zu Ende, kann ich sagen, auch wenn mich das verwundert, auch wenn L. mir gegenübersitzt und noch L. ist, auch wenn Dinge gesagt werden, die mir bekannt vorkommen, auch wenn Dinge nicht gesagt werden, nicht ausgesprochen werden, auch wenn es vor solchen Unausgesprochenheiten nur so wimmelt und mir auch das bekannt vorkommt. Jetzt wimmelt es allerdings vor neuen Unausgesprochenheiten, und vielleicht ist das mit L. zu Ende, weil die Dinge, die nicht gesagt werden, mir nicht bekannt vorkommen, weil die Dinge, die nicht gesagt werden, nicht zu dem mit L. gehören, weil die Dinge sehr mühsam nicht gesagt werden. Ich sei jetzt mit dem Nachdenken fertig, sage ich, und L. sagt: Na endlich, und schenkt sich Wein nach.

Etwas, das nicht weitergeht, macht sich verdächtig, wenn es trotzdem nicht stehen bleibt, wenn es sich ständig von der Stelle rührt, dort auf und ab hüpft, Schritte macht nach links und rechts, wenn man es erst wieder lange beobachten muss, um erkennen zu können, dass es tatsächlich nicht weitergeht, dass es gar nicht vorhatte, weiterzugehen, dass es einen nur wieder überlistet hat und jetzt triumphiert.

Trink schneller, sagt L. und steht auf, um eine neue Flasche zu holen. Wir nehmen schon noch eine, oder, fragt sie und hält sich an der Stuhllehne fest, und ich sage: Bis es wirkt, und dann lachen wir. Wir lachen nicht besonders gut und auch nicht besonders lange, und in der Stille danach fällt das Luftholen schwer. Na dann Prost, sagt L. und leert ihr Glas in einem Zug, da haben wir ja noch was vor.

Einladung Jetzt ist es so weit. Es soll jetzt gefeiert werden. Es muss jetzt endlich gefeiert werden. Jetzt sollen die Frisuren sitzen. Jetzt sollen die Gäste kommen. Jetzt soll die Musik einsetzen. Das Buffet ist eröffnet.

Es soll jetzt endlich gefeiert werden. Der Anlass ist gegeben. Bringt Draußensachen mit. Bringt Badesachen mit. Ihr werdet nach Hause gebracht. Das versteht sich von selbst. Jetzt soll gefeiert werden. Motto: 20er Jahre. Motto: 50er Jahre, Motto: 60er Jahre, Motto: 80er Jahre, Motto: Weltraum, Motto: Mafia. Hauptsache man kommt. Kommt mit dem peinlichsten Kleidungsstück, kommt mit der ersten Single, kommt mit einem Ex-Partner. Jetzt soll doch gefeiert werden. Beachparty meinetwegen,

Schaumparty meinetwegen, School-is-out-Party, Release-Party, Pyjama-Party, meinetwegen Reclaim-the-Streets-Party, Reclaim-your-Feet-Party, meinetwegen Maskenball. Jetzt muss endlich gefeiert werden. Heute ist schließlich Sylvester, heute ist Walpurgisnacht, heute ist Nikolaus und Halloween und Fasching und alle haben Geburtstag. Girlanden überall und Lampions überall und die erbetene Abendgarderobe auch. Jetzt soll gefeiert werden. Es ist Galabend. Es ist die Nacht der Nächte, der Abschlussball, der Opernball, der Debütantinnenball, die Preisverleihung. Das Orchester, das den Walzer spielt, die Band, die den leichten Jazz spielt, den Swing, die Lachsschnittchen und die Champagnerschalenpyramide, das ist alles da, das Cocktailkleid, das sitzt, der Tuxedo, der sitzt, das Parkett, das nicht lange glänzt. Das ist alles da. Galaabend, die Nacht der Nächte, die Band, die Samba spielt, Mojito gibt es, das ist alles da, und Caipirinha gibt es, und es gibt die verschwitzten Haare, die verschwitzten Schultern, es gibt den Schweiß, der von der Decke tropft. Es ist Galaabend. Drum und Bass und Rhythm und Blues und French und House und Big und Beats und Break und Beats und Latindub und Datapop und Rare Grooves und Common Grooves und Charts und HipHop und Megahits aus drei Jahrzehnten, mindestens. Unten sind die Turnschuhe, das ist da, in der Mitte ist der Bauch frei und oben kein Wort, das verständlich wäre. Das ist alles da.

Jetzt soll gefeiert werden. Jetzt muss endlich gefeiert werden. In der Wohnung muss gefeiert werden, im Park muss gefeiert werden, auf dem Dach muss gefeiert werden, am Strand, wenn man kann, im Gemeindehaus, wenn man darf, in der Laube, wenn man will, auf dem Berg muss auf jeden Fall gefeiert werden und auf der Straße. Jetzt soll gefeiert werden in den Kellern, im alten Offizierscasino, im Hinterhof soll gefeiert werden, in der unbewohnten Villa, jetzt muss endlich gefeiert werden im Garten, am See, im wasserlosen Hallenbad, auf der Bühne muss gefeiert werden, im Parkett muss gefeiert werden, in der Krypta und auch im Wald. Jetzt ist es an der Zeit.

Bring a bottle, bring a friend, bringt meinetwegen gute Laune mit, denn das ist die Klassenfete, denn das ist die Examensfeier, das ist das Richtfest, das ist der Polterabend, das ist die Hochzeit. Jetzt soll verdammt noch mal gefeiert werden.

Und ja, ich will Hochglanzeinladungen, und ja, ich will bitte Wegbeschreibungen, ich will auf jeden Fall auf der Gästeliste stehen, ich will das Taxi bestellen, ich will Fahrgemeinschaften bilden. Ich will die Hemden, die Kleider, die Hosen und Röcke vor dem Spiegel anprobiert haben, mit lauter Musik dazu, ich will die Freundinnen und Freunde als Juroren auf dem Bett sitzen sehen, den Kopf schüttelnd und den Kopf schüttelnd und den Kopf schüttelnd und die Hände über dem Kopf zusammenschlagend, ich will dann schließlich den Daumen in die Höhe, beide am besten, ich will Luftgitarre und Deorollermikrofone. Ich will das Gel in den Haaren, das Spray in den Haaren, den Glitter im Gesicht. Ich will den Lippenstift, den Kajalstift, die Wimperntusche. Ich will Rasierschaum.

Und natürlich will ich, dass alle kommen, dass alle am besten schon da sind, ich will das Lachen schon im Treppenhaus hören, schon auf der Straße, wenn möglich, ich will die Umarmungen, ich will die Küsse an der Wange vorbei, ich will vorgestellt werden. Selbstverständlich will ich, dass getanzt wird. Selbstverständlich will ich, dass mitgesungen wird. Mit geschlossenen Augen, mit geöffneten Augen, mit den Armen in der Luft. Ich will, dass wild geknutscht wird auf den Sofas, im Flur, in der Küche. Ich will verknotete Körper. Ich will Schreie aus dem Badezimmer hören. Ich will übrigens auch Engtanz. Ich will Rotweinflecken auf dem Boden, ich will Glasscherben und Pappbecher und Pappteller und Plastikgabeln. Ich will Nudelsalat. Ich will Tomatensalat. Ich will Kartoffelsalat. Ich will Chili con carne, sin carne, ich will Pizza und Quiche und Bockwürstchen. Und Rote Grütze. Ich will das Bier in der Badewanne, das Bier auf dem Balkon. Ich will Namen mit Edding auf die CD-Hüllen geschrieben sehen. Ich will Kompaktanlagen, und ich will die Schlange vorm Klo. Die Zigarettenkippen will ich auf den halb leeren Tellern, in den Bierflaschen, auf den Untertassen. Ich will die Ankündigungen für die Nachbarn im Treppenhaus sehen. Wird etwas lauter, steht da. Kommt doch vorbei, steht da. Ich will, dass es lauter wird. Ich will, dass sie tatsächlich vorbeikommen. Ich will schließlich, dass alle kommen.

Denn jetzt soll gefeiert werden, sage ich zu Hannes. Man darf das Feiern nicht den Falschen überlassen, sage ich zu Hannes. Jetzt muss endlich gefeiert werden, weil nichts anderes mehr hilft, weil es die Zäsur geben muss, das Anhalten geben muss, das Innehalten, das Schlussstrichziehen, das Versöhnen, das Weitersehen, sage ich zu Hannes, und Hannes nickt und zündet sich eine Zigarette an. Und jetzt muss endlich gefeiert werden, sage ich, weil es sich sonst verläuft, sage ich, weil sonst alles offen bleibt, weil man Telefonnummern wieder nachschlagen muss, weil man Kaffee trinken geht, weil man sich für übernächste Dienstage verabredet, für einen Nachmittag, für einen Abend, weil man sich zum Frühstück trifft, zu diesen mühsamen Frühstücken, weil man sich Bücher zurückgibt, weil man die Schuhe anlässt, weil man überlegt, ob die letzte U-Bahn noch fährt, es muss gefeiert werden, weil sich alles vertagt, weil sich alles entschieden hat, weil das Terrain neutral ist, weil man Fragen stellt, weil man Antworten gibt, weil man sagt, dass es schön ist, sich zu sehen, weil man sagt: Ich muss jetzt mal wieder, weil man sagt: Nein, ich komm noch nach Hause, weil man sagt: Grüß Andreas von mir. Jetzt muss gefeiert werden, weil das ja wohl ein Anlass ist, weil diese Anlasslosigkeit ein Anlass ist, und Hannes nickt und sagt: Genau.

Jetzt muss gefeiert werden, und alle werden eingeladen, erkläre ich ihm, alle, die man jemals getroffen hat, ja, ich weiß, da müssen Telefonnummern recherchiert werden, da gilt es, Adressen zu überprüfen, da muss man Bekannte von Bekannten von Bekannten fragen, aber die werden auch alle mit eingeladen, die Bekannten, und die Bekannten von den Bekannten, und die Bekannten von den Bekannten von den Bekannten, und das ist doch ein Anreiz. Und wir laden alle Geschwister mit dazu ein, und die Eltern, und die Großeltern, und die Bridgepartner der Großeltern und deren Krankenpfleger und Zivildienstleistende, und die Freundinnen der Zivildienstleistenden dürfen auch mitkommen, wenn sie mögen. Und Hannes sagt, die Freundinnen solle man wieder ausladen, sonst würde es zu voll, und ich bestehe auf den Freundinnen, und Hannes schlägt vor, ein Schiff zu mieten, damit niemand früh gehen kann, und wir streiten ein wenig darüber, inwieweit das Nötigung sei, einigen uns schließlich darauf, dass das Schiff alle drei Stunden einmal anlegen müsse. Hannes will Namensschildchen, ich sage: Genau. Hannes will eine Tombola, ich sage auch: Genau. Hannes sagt: Über die Details können wir noch später reden, fangen wir erst mal an, und ich sage: Moment mal, jetzt gleich? Hannes zuckt mit den Schultern, er habe gerade nichts anderes vor, ich etwa? Und ich sage: Nein, eigentlich nicht.

Lösungen zu finden ist nicht besonders schwierig. Lösungen gibt es viele, vielleicht gibt es sogar mehr Lösungen als Probleme, das würde einleuchten. Das Dumme ist nur, dass Lösungen wenig helfen. Das Dumme ist, dass Lösungen einen nur immer an das Problem erinnern. Das Dumme ist, dass mit den Lösungen erst das eigentliche Problem beginnt.

Hannes sieht mich an, was denn jetzt sei, fragt er. Okay, sage ich. Okay. Fangen wir mit den Einladungen an, fangen wir mit den Listen an, fangen wir damit an, Namen zu sammeln. Ich stehe auf, um etwas zum Schreiben zu holen. Hast du genug Papier, fragt Hannes. Ich glaube schon, sage ich.

Inhalt

Literatur bei DuMont

JULIA FRANCK
BAUCHLANDUNG
Geschichten zum Anfassen. 120 Seiten, gebunden, 2000

»Ich knie auf dem Parkett vor dem Sofa und beobachte Luise, wie sie schläft.« Es klingelt. Die kleine Schwester wendet den Blick von ihr und öffnet die Tür. Es ist Olek, einer von Luises Liebhabern, von dem die große Schwester heute wirklich nichts wissen will. Dafür könnte sie selbst sich durchaus etwas mit ihm vorstellen. Sie tut es.
Julia Franck erzählt Geschichten zum Anfassen: von verborgenen Gelüsten und offener Begierde. Von den Fantasien einer Bademeisterin und Einblicken einer Nachbarsfrau. Ihre Erzählerinnen umtänzeln spielerisch die Lust. Sie schauen zu und malen sich aus, was geschieht.
Nun widmet Julia Franck der verführerischen Gattung ein Buch. Manche kribbelig, manche konkret, reichen ihre Erzählungen von den Ahnungen zweier Kinder bis zum heimlichen Betrug der besten Freundin, vom Wunsch nach Nähe bis zur Einsicht in die Einsamkeit der Lust.

»Julia Francks Minidramen sind verführerische Petit Fours der deutschen Gegenwartsliteratur.« Focus

MARIANA LEKY
LIEBESPERLEN
Erzählungen. 108 Seiten, gebunden, 2001

Sie hat sich alles so schön vorgestellt. Und ringt um Fassung, wenn es dann nicht ganz so glücklich läuft. Die Erzählerin dieser Geschichten hat es nicht leicht. Mariana Leky zeigt mit Gespür für die Komik des Tragischen eine junge Frau im heiklen Übergang zum Erwachsensein.
»Ich habe mal versucht, wegzugehen, einfach so und als ich gerade angefangen hatte. Ich habe alles Wichtige in einen Karton gepackt, mein Zimmer abgeschlossen und den Schlüssel auf den Türrahmen gelegt.« Doch immer kommt etwas dazwischen – eine neue Bekanntschaft, eine Horde Nacktschnecken oder einfach die Vermieterin auf der Treppe. Also macht sie weiter, »weil man nicht nur immer etwas anfangen kann, sondern auch mal etwas zu Ende machen muss und richtig.«

»Die karg komponierten Texte der 28-jährigen Autorin mit dem glasklaren Blick für Erschütterungen sind eine Ausnahme unter den diesjährigen Erstveröffentlichungen: echte Perlen .« Der Spiegel

CHRISTINA CHIU
SCHWARZE SCHAFE UND ANDERE HEILIGE
304 Seiten, gebunden, 2002

Aus dem Rahmen fallen sie alle – die schillernden Figuren in Christina Chius Geschichten sind allesamt schwarze Schafe: selbstmordgefährdet oder schwul, magersüchtig oder kriminell, überangepasst an den Ehrenkodex ihrer Familienclans oder lustvoll ausbrechend.
Von einer Geschichte zur nächsten umspielen sich diese berührenden Stories und entwerfen ein Netz aus Schicksalen – von Suchenden, Süchtigen, Verlierern und Verrätern. Wer verletzt wen, wenn Eltern und Großeltern aus der chinesischen Einwanderergeneration die alten Traditionen hochhalten, während ihre Kinder längst ihre eigenen Wege gehen – in die Vielfalt westlicher Lebensweisen? Die Helden dieser Shortcuts sind auf vertraute Art verloren. An den Entscheidungspunkten ihrer zerrissenen Lebensentwürfe entdeckt Christina Chiu tragikomische Momente von Wahrheit.

»Melancholische, haarscharf beobachtete Kurzgeschichten.«
Der Spiegel

JUDITH KUCKART
DIE AUTORENWITWE
Erzählungen. 172 Seiten, gebunden, 2003

Sechs Geschichten, sechs Schicksale, sechs Menschen – nach ihrem hochgelobten Roman *Lenas Liebe* legt Judith Kuckart ihren ersten Erzählungsband vor.
Sie beginnen, »ihr Leben zu betrachten, wie man einen langen Regentag betrachtet, die Ellenbogen auf dem Fensterbrett«. Da ist die Frau mit dem großen Hund, die statt ihres Schriftstellergatten eine Stadtschreiberstelle in der ostdeutschen Provinz antritt und ihre eigene Leere findet. Da ist der Lehrer, der nach dem Tod seiner Frau eine Schülerin trifft, die ihm nicht mehr aus dem Kopf geht. Da ist die Frau, die für andere Leute Blumen gießt und auf erschreckende Geheimnisse stößt.
Geschichten in der beharrlichen Ratlosigkeit, die Judith Kuckarts Erzählen ausmacht: In Sätzen, die unter die Haut gehen, unternimmt sie Erkundungsfahrten in die menschliche Seele.